お願い、結婚してください

Hina & Kouya

冬野まゆ

Mayu Touno

EB

エタニティ文庫

目次

お願い、結婚してください

プロローグ　恋と仕事

「仕事は、プライベートが充実しているからこそ頑張れるんです」

世界的自動車メーカーであるクニハラのオフィス。

海外人事統轄本部部長補佐を務める小泉比奈《こいずみひな》は、ハッキリした口調で断言する。

「よくわからんが、公私共に充実しているのはいいことだな」

上司である國原昂也《くにはらこうや》にさらりと返され、比奈は思わず口を突いて出た言葉にハッとする。

この書類チェックさえ終われば帰れる――内心そう浮かれていたせいで、つい気が緩《ゆる》んでしまったらしい。

ここ一ヶ月ほど、仕事が忙しく残業や休日出勤が続いていたため、恋人とデートらしいデートもできずにいた。でも明日の日曜日は、彼と久しぶりにデートの約束をしている。

それを仕事の原動力にして今日の休日出勤を頑張っている……といった説明をすっ飛ばして、さっきの言葉が口を突いて出てしまったのだ。

恥ずかしさから俯《うつむ》く比奈に、昂也が声をかけてきた。

「プライベートが、楽しそうでなによりだ」

そう言って、昂也が爽《さわ》やかな笑みを浮かべる。

その瞬間、静かな水面にさざ波が起きるように、同じフロアで仕事をする女性社員たちがざわつくのを感じた。

休日返上で仕事をする数名の女性社員にとって、いい目の保養になったらしい。

——王子様、私にまでキラキラオーラを無駄遣いしなくてもいいのに。

昂也の補佐として、いつも一緒に仕事をしている比奈は、これくらいの笑顔ではもうときめいたりしない。だが、彼に憧れる女性社員には効果絶大らしい。

一歩間違えばセクハラ扱いされかねない発言に、微塵《みじん》の不快さも感じさせないのは、クニハラの王子様と呼ばれる昂也だからこそだろう。

そんなことを思いつつ、比奈は上司である昂也を眺めた。

鼻梁《びりょう》が高く端整な顔立ちをした彼は、背も高く肩幅も広い。

上質なスーツを上品に着こなす体は、現役アスリートのように引き締まっている。

見目麗《うるわ》しい風貌だけでも十分に王子様感溢《あふ》れる彼だけど、知性や能力にも恵まれていた。

その上、比奈が勤める世界的自動車メーカー株式会社クニハラの創業者一族の一人ときている。

社長の孫で、専務の息子である彼は、今は海外人事統轄本部部長という立場だが、将来的にはクニハラの社長の座が確実視されていた。

そんな外見や経歴もあって、昂也は社内外問わず女性人気がものすごく高いのである。

――今日もファンの視線が痛い。

王子様のキラキラオーラに恍惚《こうこつ》の表情を見せていた女性社員が、そのついでといった感じで比奈を睨《にら》む。

遠巻きに向けられる鋭い視線に、比奈がため息を漏らす。

比奈にとって昂也は、あくまで上司であり、恋愛対象外だ。

なのに、彼と一緒に仕事をしているというだけで睨《にら》まれるこの状況は、理不尽だと思う。

「昂也とお近付きになりたい」「未来の社長夫人になりたい」と目を光らせている女性たちは、四六時中昂也と行動を共にしている比奈を、なにかと目の敵《かたき》にしてくる。

冷静に昂也と比奈のやり取りを見れば、それが無意味な嫉妬だとわかりそうなものだが。

――ただ仕事をしてるだけなのに……

比奈としては、海外人事統轄本部という重要な部署で責任ある部長補佐を任されているのは嬉しい。でもそれによって、しばしば嫉妬した昂也ファンから嫌がらせをされることには正直うんざりしていた。

昂也のせいではないとわかっていても、彼がここまで見目麗《うるわ》しい王子様でなければ……と、何度思ったことか。

書類に視線を落とす伏し目がちな彼の表情は、実に物憂《ものう》げで美しいと思う。だがそれだけだ。

比奈にとって昂也は、王子様などではなく理想的なできる上司なのである。

彼は必要なことは丁寧に教えてくれるが、手を出しすぎることはない。部下を信頼して重要な仕事も任せてくれるので、自然と責任ややり甲斐を感じるのだ。

彼のもとで働くようになってから、以前より仕事をするのがずっと楽しくなっている。

思うに、昂也は人をやる気にさせるのが上手《うま》いのだ。

猪突猛進《ちょとつもうしん》――というと言葉は悪いが、こうと目標を定めたら迷いなく目標地点まで突き進む。

そんな彼の姿は見ていて爽快《そうかい》で、周囲の人の心を魅了する。その結果、昂也が行動を起こすと自然と手を貸す人が現れ、物事がスムーズに運ぶのだ。

周囲がそういう気分になるのは、昂也が誰よりも仕事を楽しんでいるのがわかるからだろう。

――だけど……。

比奈の視線に気付いた昂也が、視線で問いかけてくる。

「部長、ちゃんと休んでますか？」

二人が籍を置く海外人事統轄本部は、国際情勢を読みながら、適切な人員配置をするのが仕事だ。海外での就業は国内よりも配慮すべき点が多い。社員の職場環境や契約状況の確認はもとより、社員に同行する家族の快適な生活にも気を配る必要があった。

昂也は、海外に異動した社員の就業状況や生活状況をなにかと気にかけ、困ったことがあればなんでも相談してくれていいと声をかけている。

そしてその言葉どおり、社員から頼られれば、昼夜を問わず可能な限り力を貸していた。

仕事熱心なのはいいことだが、結果昂也の業務は煩雑《はんざつ》となり、プライベートな時間はないに等しい。

「適当に休んでるよ」

問題ないと昂也は微笑むが、直属の部下である比奈には、それが嘘だとわかっている。

「ちゃんと休息を取って、心と体をリフレッシュさせてください」

「心配ない。それより小泉の方こそ、オレのとばっちりで忙しくさせて悪いな」

仕事の手を止めた昂也が、申し訳なさそうな顔で比奈を見てきた。

人事における最終的な采配は昂也に一任されている。だが、その判断に至るまでの情報収集は比奈たち部下の仕事だった。

仕事柄、時差のある国とのやり取りが多く、どうしても残業や休日出勤が当たり前になってくる。

もともと忙しい部署だが、特にここ最近は、とある国の工場を完全に閉鎖し他国へ移設することが決まった影響で、その根回しに休日返上で奔走《ほんそう》しているのだ。

「仕事は好きなので、楽しんでますよ」

二十六歳で、これほど責任のある仕事を任されていることを誇りに思っている。残業も休日出勤も嫌々しているわけではないと、比奈は明るい口調で伝えた。しかし、最後にこう付け足す。

「でも、明日はデートです」

「なるほど、それでその爪か」

比奈の指先は明日のデートのために、新色のネイルで可愛く彩《いろど》られていた。

「はい、この秋の新色です」

「秋……少し気が早くないか？」

昂也がチラリと開放感のある大きな窓へ視線を向ける。

確かに九月に入ったとはいえ、オフィスに差し込む日差しはまだ強く、初秋というより晩夏といった方がしっくりくる。

「時代の先取りをしようかと」

少し気が早いとは思ったが、一目惚れして買ったネイルを、どうしても明日のデートに使いたかったのだ。

すました顔で返す比奈に、昂也の目尻に皺《しわ》ができた。

「よく似合っている」

「ありがとうございます」

この一ヶ月、本当に忙しかった。向こうも忙しいらしく、最近は彼からの電話やメールの回数も減っている。

恋人とは、些細《ささい》な出来事でも報告し合い、日常の喜怒哀楽を共有したいと思っている比奈としては、久しぶりのデートに気合が入るというものだ。

明日は二人でゆっくり美味《おい》しいものを食べながら、近況報告をしたいと思っている。

「じゃあ、明日はデートの邪魔をしないように電話は控えよう」

そう言いながら、昂也の視線はもう書類に戻っている。

「よろしくお願いします……」

休日でも、情報把握のため昂也から電話がかかってくることがたまにあった。

比奈としては仕事とプライベートはきっちり分けたいのが本音だが、昂也がむやみやたらと電話をかけてくるわけではないことも承知している。

彼が休日に電話してくる時は、その必要に駆られた時であり、昂也の向こうに返答を待っている誰かがいるのだ。

それを承知していて、知らん顔はできない。

「どうしても必要な時は電話してください」

「ありがとう。でも、よほどのことがない限りは控えるよ」

そつのない笑顔を添えて昂也が答える。

――その顔、なにかあっても自分一人で処理する気だ。

仕事熱心なのはいいが、仕事に情熱を注《そそ》ぐあまり、自分が休むことを忘れているのではないかと心配になる。

電話が迷惑なわけではない。

昂也が休息を取るためにも、彼が電話してこなくてはならないような、緊急事態が起こらないことを願うばかりだ。

「しつこいようですけど、部長こそ、たまには仕事をしない休日を作ってくださいね」

「考えておくよ」

念を押す比奈に、書類を見ながら昂也がさらりと返す。

――全然、考えてない言い方だ……。

働き過ぎて、尊敬する上司がいつか倒れるのではないかと心配になる。だからつい、おせっかいかと思いつつも意見してしまうのだ。

「休日に好きな人と楽しい時間を過ごすと、気持ちが充電できて、また仕事を頑張ろうって気になりますよ」

比奈の提案に、昂也が書類から顔を上げて真面目な視線を向けてくる。

「悪いが、着飾った女性との上辺だけの恋愛ごっこには飽《あ》きたんだ」

でも、助言はありがたく受け取っておくと、付け足された。

「ごっこ……。いや、私は本気の恋愛の話をしているんですけど」

「オレにとっては、似たようなものだ。女性を満足させることにも、女性に満足させてもらうことにも飽《あ》きてしまったんだよ」

抜群の容姿と成熟した男の色気を漂わせる昂也が言うのだから、見栄や嘘でないだろう。

それでもつい、非難がましい視線を向けてしまう。

そんな比奈の視線に気まずさを感じたのか、昂也が肩をすくめた。

「少年期によく学び、青年期によく遊び、壮年期を勤勉に務める。オレの立場を考えれば、理想的な生き方だと思うが？」

「それは、まあ……」

クニハラの社長の座が確実視されている立場の人間としては、確かに理想的な生き方なのかもしれない。

「もう、恋愛ごっこで遊ぶ年でもない。それより今は、会社が一番大事だ」

そう断言した昂也が、フロア全体を見渡して薄く笑った。

意志の強さを感じさせる未来のリーダーを頼もしく思う反面、もう少し自分のための時間を持ってはどうかと思ってしまうのだが……

まだなにかあるかと視線で問われ、比奈はなんと言っていいかわからなくなる。

「いえ。……書類に問題がないようでしたら、私はこれで帰りますが」

昂也は一通り書類に視線を走らせて、満足そうに頷いた。

「問題ない。助かった」

眩《まぶ》しいくらいのキラキラオーラを振りまきつつ、昂也が微笑む。

その笑顔でまたフロアにさざ波が起こるが、気付かないフリをしておく。

「では、お先に失礼します」

忘れ物がないかチェックして、比奈が一礼する。

「明日はデート楽しんで」

鞄《かばん》を肩にかけた比奈に向かって、昂也が手を上げた。どうやら彼は、まだまだ帰るつもりはなさそうだ。

部長こそ……という言葉を、比奈はため息に変えて吐き出す。

この時の比奈は、まさかその数日後、自分が昂也に仕事をセーブしてもらうことを切に願う日がくるなんて、欠片《かけら》も思っていなかった。

1　バタフライエフェクト

「また仕事かっ！」

翌日、久しぶりに会った彼――山井達哉《やまいたつや》とのデート終盤。

予約の必要な人気イタリアンでのディナー中、不意に達哉が吐き捨てた。

「はい？」

仕事の電話のため中座して戻ってきたばかりの比奈は、思わず素《す》っ頓狂《とんきょう》な声を上げる。

テーブルには、デザートの皿が置かれていた。

フルーツや生クリームが添えられたカシスシャーベットの上には、精巧なチョコレート細工《ざいく》の蝶《ちょう》が添えられている。

そんな可愛いデザートを前にして、達哉は怖い顔で比奈を睨《にら》んでいた。

「あの、食事中に電話してごめん」

とりあえず、彼の怒りの原因であろう電話について謝罪する。

謝りながらも頭のどこかでは、さっきの昂也からの電話について考えていた。

少し教えて欲しいことが……と、申し訳なさそうに切り出してきた声は、どこか緊張していたように思う。手短に用件だけを伝えすぐに電話を切ったので事情まではわからないが、電話は控えると宣言していた昂也がわざわざ電話をかけてきたのだ。それ相応の事態が生じていることは容易に想像がつく。

——なにがあったんだろう……

海外事業は、その国の社会情勢の余波をもろに受ける。

政治的な影響や災害の影響などで操業を数ヶ月止めることもあるし、最悪の場合、撤退に追い込まれることもあった。

——ネットになにか情報が出てないかな？

無意識にテーブルに置いたスマホへ視線を向けると、達哉に露骨なため息を吐かれる。

「ほんと仕事人間だな」

ハッとして彼に視線を向けると、恐ろしく不機嫌な顔をしていた。

久しぶりのデートなのに、仕事の電話に出たのは確かに悪かったかもしれない。

「そんなつもりはないよ」

その証拠に、今日は二人の時間を楽しむべく、こうやってデートをしているのではないか。

だから「せっかくのデザートを一緒に味わおう」と、比奈がスプーンを手に取る。だが、達哉がスプーンを手にする気配はない。

それどころか、比奈の言葉を拒否するように、腕を組んで睨《にら》んでくる。

険しい表情で黙り込む達哉に、比奈はしゅんと口を噤《つぐ》み、スプーンをもとの位置に戻した。

愛らしいデザートに手をつけることなく互いに黙り込んでいると、テーブルの端で比奈のスマホが震える。

画面を見ると、再び昂也からだ。

咄嗟《とっさ》にスマホに手を伸ばしかけた比奈を責めるように、達哉が拳《こぶし》でテーブルを叩いた。

驚いた他の席の客が、チラチラとこちらを窺《うかが》ってくる。その間に昂也からの電話は切れた。

「……」

――どうしよう、絶対なにかトラブルが起きてる。

眉を寄せてスマホに視線を向ける比奈の姿に、達哉が再び大きなため息を吐いた。

「お前、仕事とオレ、どっちが大事なんだよ?」

「え?」

思いがけない言葉に、比奈はポカンとする。

「最近の比奈、仕事ばっかりだな。ガツガツしてて女として終わってる」

「……なっ」

――なんですとぉっ！

あんまりな言葉に、比奈が声にならない声を上げる。

仕事にガツガツしているつもりはない。

ただ、責任のある仕事を任されているのだから、全力で頑張りたいと思っているだけだ。

もちろん、女を捨てた覚えもないし、仕事と同じくらい達哉のことを大切に思っている。

それなのに、こんなことを言われるのは納得がいかない。

「どっちも大切だよ！　でも、誰かと関わって仕事をしている以上、たとえ休日でも無視できない電話はあるでしょ？」

お互い社会人として何年も仕事をしていたら、それくらいわかるはず。

そんな気持ちで言い返した比奈に、達哉が何度目かわからないため息を吐く。

「そんな状態でお前、もし結婚したらオレのこと支えられるの？　家事とかどうする気？　ちゃんと両立できるのか？　オレと結婚したいなら、その時には定時で帰れる部署に異動させてもらえよ」

「……っ」

その言葉に、比奈は呆然として言葉を失う。

達哉と付き合って一年と少し。二人の間では、ちらほらと結婚をほのめかす会話が出始めていた。

だけど今の達哉の言い方は、結婚後は働きながら比奈が全ての家事を負担するように聞こえる。

しかもそのために、部署を異動しろというのはどういうことか。

それに結婚するのであれば、どちらかが一方的にどちらかを支えるのではなく、互いを支え合うものではないのだろうか。

幾つもの疑問符が、心の中に沸き起こる。

――そこまでして、結婚していただかなくても結構です。

恐ろしく不平等な要求に、つい衝動的に言い返しそうになった。でも、それをぐっと我慢する。

このタイミングで比奈が感情のまま言い返せば、達哉がヒートアップするのは目に見えていた。

だからといって、このまま結婚に関する価値観のズレを見逃すこともできない。

どうやってそれを伝えようかと悩んでいると、比奈のスマホがまた震えた。

比奈の状況を知りつつ、電話をかけ直してくるなんてよほどの事態だ。

――ごめん。やっぱり知らん顔なんてできない。

達哉に怒られることを覚悟して、スマホを取った。

「もしもし、小泉です」

電話に出ると、昂也が遠慮がちに『何度もすまない。今いいかな?』と、確認してくる。

——もちろん大丈夫なわけがない。

そうは思うのだけど、出てしまった電話を切るわけにもいかない。

「大丈夫です」

スマホを持っていない方の手でごめんと謝る比奈に、達哉は舌打ちした。

『以前、小泉に任せたEU圏の……』

彼のことは気になるものの、昂也の一言で頭が仕事モードに切り替わる。

そんな比奈の視線の先で、達哉が乱暴に立ち上がった。

「あ……」

昂也の話を聞きつつ、思わず小さな声が漏れる。

焦る比奈に、達哉が冷めた声で言い放つ。

「オレの好みって、おとなしくて可憐な感じの子なんだよね。職場に手作りのお菓子を差し入れしてくれたり、忙しいオレを心配してメールをくれたりする、可愛い子。比奈みたいに仕事ばっかかのガツガツした女、ちょっと無理だわ」

「達哉、ちょっ……待って」

スマホを離し、呼び止めようとする比奈に達哉がトドメの一言を告げた。

「もう別れる。最近、他にいいなって思う子がいるし」

「……？」

――なんだそれは。

達哉の言葉に、比奈の頭がフリーズする。

さっきの妙に詳しいたとえ話は、そういう子が職場にいるということなのか。

だとすれば、彼が比奈に向けていた怒りは、自分を正当化し別れ話を切り出すためのただのパフォーマンスということになる。

比奈がそれを確かめるより早く、「じゃあ」と言って、達哉が店を出て行く。

――ちょっと待って、これで終わりなの？

こんな一方的な別れ方、受け入れられるわけがない。

追いかけようと腰を浮かしたところで、電話の向こうから昂也の声が聞こえた。

『もしもし、小泉、どうかしたか？』

少し前の自分なら、仕事より恋愛を優先していたかもしれない。でも昂也の下で働くようになって二年、自分なりに仕事に誇りを持っているので、この状況で電話は切れない。

「……な……んでもないです」

達哉との今後を考えたら、今すぐこの電話を中断して彼を追いかけるべきだろう。でも、自分で上司の電話を取ると決めた以上、先にこちらの用件を済ませなければならない。

「大丈夫です。続けてください」

比奈は達哉を追いかけることを諦め、深く椅子に腰を下ろす。

視線の端では、いつまでも手をつけてもらえないシャーベットが溶け出し、チョコレート細工《ざいく》の蝶《ちょう》に水滴がついていた。

見るともなく傾いていく蝶《ちょう》を眺めながら、この状況で仕事を優先している自分はかなりまずいのではないかと思う。

仕事もプライベートもどちらも充実させることを目標としているはずなのに、気が付けば昴也に負けず劣らず、かなりの仕事人間になっているではないか。

その事実に愕然《がくぜん》とした。

そんな比奈を嘲笑《あざわら》うかのように、水滴を纏《まと》って傾いていた蝶《ちょう》がシャーベットの上からズルリと滑り落ちる。白い皿の上に転がる蝶《ちょう》を涙目で見つめつつ、比奈は仕事の電話を続けるのだった。

◇　◇　◇

翌日の月曜日。

細々《こまごま》とした雑用を済ませてオフィスに戻ろうとした比奈は、エレベーターの扉が開いた瞬間、出てきた相手とぶつかりそうになる。

「あらっ」

そう言って驚きの声を漏らしたのは、比奈と同期の柳原涼子《やなぎはらりょうこ》だった。

違う部署に勤める涼子とは同期の中でも仲がよく、時間が合えばよくランチに行ったりしている。

同い年だが、どちらかといえば童顔な比奈に対し、背が高くシャープなボディーラインの涼子は大人びて見える。

「おはよう」

比奈が挨拶《あいさつ》をすると、涼子が肩をすくめた。

「もう、おはようって時間じゃないけどね」

時刻は十一時過ぎ。涼子が言うとおり朝の挨拶《あいさつ》をするには、ちょっと遅い。

艶《つや》やかなストレートの長い髪を揺らし、涼子は比奈とすれ違うようにエレベーターを降りてくる。

そしてクルリと比奈を振り返って、自分のこめかみを指で叩いた。

「今日は眼鏡？　珍しいわね」

比奈は苦笑いしつつ自分のこめかみに手を当てる。

「コンタクトが上手《うま》く入らなくて」

昨日の出来事を口にするにはまだ傷が生々しく、咄嗟《とっさ》に嘘をつく。

「もしかして秋の花粉症？　お気の毒様」

涼子はいたわりの言葉を残し、指をヒラヒラさせて閉まる扉の向こうへ姿を消した。

軽く手を上げて涼子を見送った比奈は、動き出すエレベーターの中で眼鏡の隙間からヒリヒリと痛む瞼《まぶた》を指で押さえた。

達哉とは、あの後まともに話し合うことすらできなかった。電話してもすぐに留守電に切り替わるし、何回かメッセージを送って、やっと返って来たメッセージはたった一言「もう、連絡してこないで」だけ。

そんな一方的すぎる別れを、そう簡単に消化できるはずもなく、昨日は悔しさのあまり散々泣いた。

一晩泣き明かした結果、瞼《まぶた》が酷く腫《は》れてしまい、仕方なく今日は伊達《だて》眼鏡をかけている。

「小泉。ちょっといいか」

気持ちが下がっていると、自然と視線も下がってしまう。目的の階でエレベーターを降り、とぼとぼと廊下を歩いていた比奈は、名前を呼ばれてハッと顔を上げる。

声のした方を向くと、書類を手に昂也が歩み寄って来た。

「……部長？」

比奈の前に立ち止まった昂也がやけに近い。

そう思った次の瞬間、彼が腰を屈《かが》めて比奈の顔を覗《のぞ》き込んできた。

少し背伸びをすれば、互いの唇が触れてしまいそうな距離に息を呑む。

「あの……？」

彼の纏《まと》う香水が感じられるほどの距離に、比奈は咄嗟《とっさ》に上擦った声を上げる。

「危険だから、やめてください！」

「危険？」

――こんな場面を見られたら、部長のファンに殺される。

昂也が不思議そうな顔をしつつ、比奈から少し離れてくれた。

「目をどうかしたのか？」

「ああ、コンタクトが上手《うま》く入らなくて」

彼から微妙に視線を逸《そ》らしつつ、涼子に言ったのと同じ嘘をつく。

すると昂也が、書類を持っていない方の手で比奈の顎《あご》を掴み、くいっと持ち上げた。

「……っ！」

キスをされそうな距離に、驚き硬直する。そんな比奈に構うことなく、昂也は再び至近距離で比奈の顔を覗《のぞ》き込んできた。

思いがけず、間近から見た昂也の顔はやはり端整で美しい。

大多数の女性が、彼を独占し自分の恋人にしたいと思うのは当然だろう。社の内外に、彼のファンが多いのも納得がいく。

そんな状況ではないと思いつつも、つい昂也の顔をまじまじと観察してしまった。

「失礼」

そう言って、昂也はすぐに比奈の顔から手を離した。

「あの……」

——今のは一体なんだったのだ。

戸惑う比奈に、昂也は持っていた書類を差し出す。

「これ、専務のところに届けてくれ。昨日の件に関する概要と、今後の見通しについてだ」

いつもの口調で話す昂也は、比奈の疑問に答える気配はない。

比奈は彼の答えを諦め、書類を預かった。

「承知しました」

昂也の言う専務とは、彼の父親である幹彦《みきひこ》のことだ。

顔を合わせると話が長くなるからという理由で、昂也が専務への書類を部下に届けさせることはよくあることだ。

「昨日は、デート中に悪かったな」

静かな口調で詫びる昂也が、口元に笑みを浮かべつつ「だが助かった」と付け足す。

「……大変なことになりましたね」

昨日の電話は、近々工場の閉鎖を予定している国で大規模な反対デモが起き、その対処に関する連絡だった。

デモが起きた後、すぐに連絡の取れない現地駐在員が多くいて、そのうちの一人が、たまたま入社当初の比奈の上司だった。彼が海外へ異動する際、元上司という縁で比奈がいろいろと相談に乗っていた。その経緯を知る昴也が、比奈なら会社の把握していない本人や家族の連絡先を知っているのではないかと連絡をしてきたのだった。

比奈の知る情報により、彼は家族共々無事であることがその後すぐに確認できたらしい。

だが、なかなか連絡の付かない駐在員もいたため、結局全員の安否確認ができたのは今日になってからということだった。

「ああ……」

昴也の表情に、疲労の色が見える。昨日から、ずっとこの件の情報収集に奔走《ほんそう》していた昴也は、ろくに休んでいないのだろう。

もしかするとさっきの意味不明な行動は、疲れた脳が誤作動したせいかもしれない。

そう無理やり納得した比奈に、昴也が声をかける。

「小泉のおかげで、早々と一件確認ができて助かった」

そう言ってもらえると、あの時、電話を無視しなくてよかったと思える。その代償はかなり痛いものになったが、比奈に後悔はなかった。

「お役に立ててよかったです」

素直な思いを口にする比奈に、昂也がふっと微笑む。

「昨日の礼を兼ねて、一緒に食事でもどうだ？」

そろそろ昼休みというタイミングでそう言われ、比奈はランチミーティングだと理解する。

慰労《いろう》を兼ねて、同じ部署のスタッフ同士意見交換をしようと提案しているのだろう。

比奈はさっそく、昂也へ必要事項を確認する。

「何人で予約しますか？　お店の希望は？」

時間的に予約を入れるには微妙なタイミングだが、やりようはある。出かける時間を確認しようとする比奈に、昂也が首を左右に振って声のトーンを落とした。

「ランチミーティングじゃない。君一人を夕食に誘っている。店はオレの方で予約しておくから心配しなくていい」

「……はっ？」

怪訝《けげん》そうな顔をする比奈に、昂也が「昼休みはさすがに寝かせてくれ」と、疲れた顔で笑う。

それなら無理に食事に行かなくていいのでは？　そう提案するより早く、昂也はオフィスへ引き返していった。

　預かった書類に視線を向けつつ、比奈は思い切り顔を顰《しか》める。

「部長と二人きりで夕食って……誰かに見られたら、間違いなく身の破滅かも……」

　思わず本音が零れるが、上司の誘いを断るわけにもいかない。比奈はため息を吐いて、書類を手に再びエレベーターのボタンを押した。


　最上階にある専務の執務室へ行くと、専務秘書である丹野雅《たんのみやび》が出迎えてくれた。名前のとおり整った顔立ちをした丹野は、比奈を見るなり表情を輝かせた。しかし、周囲に昂也の姿がないとわかると、あっという間に眉を寄せる。

「部長の代理で来ました」

　専務への取り次ぎを頼むと、比奈にだけ聞こえるように舌打ちし、専務のところへ確認に行った。

　閉ざされた扉を見つめて、比奈は頬を引き攣《つ》らせる。

　――これだから、あんまりここに来たくないんだよね……

　熱烈な昂也ファンである丹野は、自分こそ昂也の補佐に相応《ふさわ》しいと思っているらしい。そのため、比奈を快《こころよ》く思っていないのだ。

結果、比奈を目の敵《かたき》にし、昂也がいないといつも攻撃的な態度を取ってくる。専務の秘書を務めるくらい能力が高いのに、やっていることはかなり大人げない。まさに恋は盲目といったところだろう。

比奈がため息を漏らしたタイミングで、再び扉が開き中に招き入れられる。

執務室に入ると、専務の幹彦が親しみを込めた表情で迎えてくれた。彼の顔にも、昂也同様疲労の色が浮かんでいた。

比奈は、「國原部長からの報告書をお持ちしました」と、表情を改めて書類を手渡す。

「ご苦労様」

幹彦は日本人にしては彫りが深く、健康的に日焼けした顔の目尻や頬には年相応の皺《しわ》が刻まれている。普段はどこか飄々《ひょうひょう》とした雰囲気のある幹彦だが、受け取った書類の文字を追う顔つきは、大企業の重責を担《にな》う者としての風格が漂《ただよ》っていた。

「では失礼します」

仕事の邪魔をしてはいけないと、一礼して退室しようとする比奈を幹彦が手の動きで呼び止めた。

「……？」

なにか昂也に言付けでもあるのだろうか。そう思って指示を待つ比奈に、幹彦は応接用のソファーを示した。

「急ぎの用がないなら、少し私の休憩に付き合ってくれないか?」

「……はい」

突然そんなことを言われて戸惑う。幹彦に見えない場所からこちらを睨《にら》んでいる丹野が怖いが、比奈に専務の依頼を断る度胸はなかった。

幹彦は丹野に二人分のコーヒーと頂き物の菓子を用意するよう頼み、応接用のソファーへ移動する。

促《うなが》された比奈も、幹彦の向かいのソファーに腰を下ろした。

「引き留めてすまない。少し、昂也の下で働く子の意見が聞いてみたくてね」

穏やかな笑みを浮かべてそう切り出す幹彦は、すぐに表情を真面目なものに切り替える。

「昨日の大規模な反対デモにより、工場の閉鎖を早めた方がいいのではという意見が出ている。それについて、君はどう思う?」

幹彦の問いに、比奈は顎《あご》に指を添え少し考えてから自分の意見を伝える。

「それは、あまり賢くないやり方だと思います」

「ほう」

比奈の意見に、幹彦が楽しそうな声を出す。そうしながら、視線で先を促《うなが》した。

「あの地域を含む国の政治情勢を考えれば、今回の工場閉鎖は避けられません。けれど、昨日反対デモを起こした人たちは、これまでよき労働者でした。その人たちの労働に対する感謝を忘れ、逃げるみたいに閉鎖を早めれば、反感を買いこれまでの関係も無になります」

「撤退を決めた国の労働者でもか？」

試すような視線を向けてくる幹彦に、比奈はしっかりと頷いた。

「はい。今後、よき購買者になってもらうためには、必要なことだと思います」

比奈の言葉に、幹彦が自分の膝を叩く。

「同感だ、私もそう思う。君のその意見は、昂也の教えによるものかな？」

「はい。國原部長はいつも『社員は労働者であると同時に、顧客でもある。だから社員一人一人に寄り添っていくべきだ』と、話しています」

「そうか。昂也はきちんと部下を教育しているらしいな」

比奈の言葉に、幹彦が満足げに頷いた。

――なるほど。

比奈をお茶に誘ったのは、そういうことか。

部下を通して昂也の仕事ぶりを確認したかったのだろう。

そのタイミングで、丹野がコーヒーとチョコレートを載せたトレイを運んできた。

チョコは、比奈も知っている銀座の名店のものだ。以前、猫の舌をイメージしたデザインのチョコを食べたことがある。

その味を思い出し、少なからず心が弾んだ。

向かいの幹彦がコーヒーを飲むのを見て、自分もカップに手を伸ばす。しかし、香り高いコーヒーを一口飲んだ瞬間、比奈は思わず顔を顰《しか》めた。

「……っ」

「どうかしたか？」

グッと顎《あご》に皺《しわ》を寄せる比奈に、幹彦が怪訝《けげん》な表情を向ける。

「いえ、なんでもありません」

――このコーヒー、死ぬほど苦いっ！

先ほど幹彦は、コーヒーを飲んでも平然としていた。つまり、異常に苦いコーヒーを出されたのは比奈だけということだ。

幹彦の背後に控える丹野に視線を向けると、すました顔でそっぽを向く。

二人のそんなやり取りに気付く気配のない幹彦が、比奈に言う。

「そうか。これからもアイツのサポートを頼むよ」

「かしこまりました」

そう頭を下げる比奈の視界の端で、丹野が悔しげに唇を噛んだ。しかし、不意に幹彦に振り向かれ、慌てて表情を整えている。

「丹野君、少し席を外してもらっていいかな？」

「えっ？」

幹彦の指示に一瞬不満げな顔を見せた丹野だが、上司の指示に従いすぐに執務室から出て行った。

それを確認し、人差し指を唇につけた幹彦が比奈へ視線を戻す。そして、昂也と似た茶目っ気のある表情で質問してくる。

「是非、若い女性である君の正直な意見を聞かせて欲しい。アイツの補佐として働く君の目から見て、昂也は男性としてどうだ？」

「はい？」

突然、話が飛んだ。そのことに戸惑う比奈に、幹彦がため息を吐いた。

「私の耳には、アイツの浮いた噂ひとつ聞こえてこんが、昂也に恋人と呼べるような女性はいるのかな？」

先ほど人差し指を唇に当てたのは、内緒で教えて欲しいという意味だったらしい。

「今はいらっしゃらないようです」

一昨日《おととい》昂也とした会話を思い出し、そう答える。

「じゃあ逆に、アイツに好意を持っていそうな女性はいそうかね？」

「それは……星の数ほど」

「その中で、アイツが興味を持ちそうな女性は？」

「……今のところは」

それを聞いた幹彦は口角を落とし、天井を仰ぎ見た。

「そうか。困った奴だ……」

浮いた噂もなく仕事に邁進《まいしん》する姿勢は、未来の経営者として望ましいものではないのだろうか。

首をかしげる比奈に、幹彦が苦笑いを浮かべた。

「今回のデモの件が収束するまで、アイツの周辺はしばらく慌ただしくなるだろう」

もちろん昴也の補佐役である君も、と視線で付け加えられ、比奈がこくりと頷くと幹彦が続ける。

「それが落ち着いても、またすぐに新しいトラブルがやってくる。大企業のトップなんて、日々何かしらのトラブル解決に追われているものだ。そして困ったことに、それが楽しくて仕方がない」

アイツの生き方は自分と同じだからわかると、幹彦が笑った。

確かにいつも楽しそうな昴也の働き方を見ていれば、それは容易に想像できる。

「今後、より責任のある地位に上《のぼ》れば、アイツは今以上に仕事漬けの生活になるだろう」

「そうですね」

その予測に比奈が同調すると、幹彦が困り顔で言う。

「親としては、そうなる前に結婚して欲しいのだが」

「ああ……」

幹彦の本当に言いたかったことを理解して、比奈が気の毒そうな顔をする。

「見合いを勧めても、アイツは忙しいと言って興味を示さん。強引に見合いの場を用意しても、仕事を口実にすっぽかす。実は心に決めた恋人でもいるのかと思ったが、やっぱり違うか」

「残念ながら」

心底同情する比奈に、幹彦が苦笑して肩をすくめる。そしてからかうように比奈を見た。

「よけいなお世話かもしれないが、もしそういう相手がいるなら、君も早めに結婚しておいた方がいいぞ」

「はい？」

不思議そうな顔をする比奈に、幹彦が再び茶目っ気たっぷりに脅《おど》かしてくる。

「我が息子ながら、昂也は、日々の全てを仕事に捧げているみたいな奴だ。この先も次から次へと問題が舞い込むだろうし、アイツも嬉々として仕事にのめり込むのは目に見えている。アイツは周囲を乗せるのが上手《うま》いから、一緒になって仕事にのめり込んだ挙句婚期を逃した……なんてことになっても、こちらは責任の取りようがないからな」

軽い口調でそう言った幹彦は、美味《おい》しそうにコーヒーを飲む。

「アハハ……」

冗談なのはわかるが、すでにその兆候が見られるだけに比奈としては笑えないものがある。

頬を引き攣《つ》らせる比奈に視線を向け、幹彦が表情を真面目なものにした。

「昂也は君の能力を随分と買っているようだ。この先部署が変わっても、君を補佐役として連れて行きたいと頼まれている」

「それは……光栄です」

その言葉に嘘はないが、喜びと同じくらい、背筋に冷たいものが走る。

「だがそうなれば、冗談でなく君も今以上に忙しくなるぞ」

「……っ」

比奈の目標は、仕事とプライベートの両方を充実させることだ。

けれど、今以上に忙しくなった時、比奈のプライベートはどうなるのだろう。

仕事第一主義の昂也は、仕事だけでもいいのかもしれない。だが、比奈は違う。

「それが正しい反応だ。アイツのように、人生の全てを仕事に捧げる必要はない」

比奈の表情を見て、幹彦が優しく笑う。

皺《しわ》の寄る目尻に、昂也との血の繋がりを強く感じた。

「たとえば、今以上に忙しくなった時、君が家庭を持っていればアイツの対応も変わってくると思う。まさか、家庭をかえりみずに休日返上で仕事をしろとは言うまい」

確かに、休日は家族と過ごしていると知っていれば、仕事の連絡を控えてくれるかもしれない。

逆を言えば、この先プライベートが充実していないと、今以上に休みの日でもどんどん仕事が舞い込んでくるということだろうか。

もしそうなら、昨日恋人と別れたばかりで、プライベートが充実しているとは言えない比奈は……

「残……念ながら、今は結婚を考えている人はいません……が、専務にいただいたアドバイスは、肝に銘《めい》じておきます」

掠れる声をなんとか絞り出す。

「そうか。もし決まったら報告してくれ。その時は是非、息子の補佐をしてもらっている礼に、私からも祝いの品を贈らせてもらう」

幹彦は、「アイツも結婚でもすれば、もう少し上手《うま》い働き方ができると思うんだが」とぼやき、飲み終わったコーヒーカップをソーサーに置く。

それを話の終わりと察した比奈は、恐ろしく苦いコーヒーをチョコと一緒に無理矢理飲み干し、ソファーから腰を浮かせた。

そんな比奈に、幹彦はふと前屈《まえかが》みになり声を潜《ひそ》めてくる。

「アイツ、実は同性と……なんてことは……」

幹彦は、いたって真剣な様子だ。

我が子を心配する父親の想像力は恐ろしい。

確認したことはないが、絶対に違うと断言できる。それは、先日の会話でもわかることだ。

それに、昂也の部下になって約二年。昂也が偶然すれ違う艶《あで》やかな女性と、意味ありげなアイコンタクトを交わす場面を幾度も見かけたことがある。

そうした女性は大抵、妖艶《ようえん》な大人の魅力に溢《あふ》れていた。

たとえ昂也の言うところの恋愛ごっこだとしても、彼の恋愛対象は女性で間違いない。

それも、とびきりの美人だ。

さすがにそのことを詳しく話すのは憚《はばか》られるので、心配はいらないとだけ言い、比奈は専務の執務室を後にした。

執務室のドアの前にある秘書専用のブースから顔を出した丹野に「なんの話してたの?」と、しつこく聞かれたが、コーヒーの恨みがあるので笑顔で無視する。

なにより、幹彦に言われた未来予想図で頭の中がいっぱいで、それどころではなかった。

不安に駆り立てられつつフロアの廊下を足早に歩く。

仕事を認められているのは、もちろん嬉しい。

だけど仕事は、プライベートが充実しているからこそ頑張れるのだ。

このままいくと、本当に専務に言われたとおり、昂也共々仕事人間まっしぐらになってしまう。

比奈は真剣に、先ほど幹彦が懸念していた可能性について考えてみた。

――冗談じゃないっ！

容易に想像できてしまう未来に、比奈は心の中で叫んだ。

この先も彼の下で仕事を続けたいなら、早急に新たなパートナーを見つけなくてはならない。

自分の仕事を理解してくれる男性と結婚し、仕事もプライベートも充実させる。

それが比奈の理想とする人生なのだ。

早いところ手を打たないと、時間を持て余してうっかり仕事に邁進《まいしん》してしまうかもしれない。

「ダメダメ！」

そんなの冗談じゃない、と首を横に振る。比奈は迫り来る恐怖を振り払うように、エレベーターのボタンを連打した。

しかし……と、比奈は改めて自分の日常を顧《かえり》みる。

現状でさえ、恋人にフラれるほど忙しいのに、その中でどうやって結婚相手を見つけたらいいのだ。それどころか、新しい恋人を見つけるのも難しいのではないかという気がしてくる。

このままではまずいと焦りを覚えながら、比奈は到着したエレベーターに乗り込むのだった。

◇◇◇

その日の夜。昂也に連れて行かれたのは、会員制のステーキレストランだった。

比奈は昂也と並び、鉄板で腕を振るうシェフと向き合うカウンター席に腰掛けている。

「昨日、酷く泣いたのか?」

シェフの調理に気を取られていると、不意に昂也が問いかけてきた。

「……っ」

驚いて息を呑み、咄嗟《とっさ》にどう返すべきか悩む。

おずおずと昂也に視線を向けると、彼は自分の眉間《みけん》を叩いて言った。

「お前、普段からコンタクトなんてしてないだろ」

「よく気付きましたね」

涼子は、それで誤魔化せたのに。

気まずさから眼鏡のフレームを触る比奈に、昂也が言う。

「気付くだろ。小泉は人の目をしっかり見て話す。お前がオレの目を見て話す時、オレもお前の目を見てるんだからな。今日は、目がいつもより腫《は》れぼったい」

「ああ……」

疲れている中、わざわざ食事に誘ってきたのは、自分を心配してのことだったのか。

昼間、比奈の顎《あご》を持ち上げて顔を覗《のぞ》き込んできたのも、疲れた脳の誤作動などではなく、いつもと違う比奈を観察していたのだ。

気になったら確かめずにいられない昂也らしい行動だが、会社の廊下でするには、あらぬ誤解を招きそうなので以後やめてもらいたい。

「オレの電話のせいで、恋人と喧嘩したのか？」

視線を向けると、昂也が気遣わしげな視線を向けてくる。

暖色系の照明に照らされる昂也の横顔に、会社の彼とは違う大人の色気を感じた。

比奈は昂也から視線を逸《そ》らし、派手な炎を上げる鉄板を眺めながら口を開く。

「部長の電話は……関係ないです」

昂也の電話は、きっかけに過ぎない。

今まで気付かなかっただけで、比奈が恋人に求めるものと、達哉が恋人に求めるものが違っていたのだ。達哉にフラれたのは確かに痛い。けれど、彼のあの口調からして、遅かれ早かれ別れを切り出されていただろう。

それに、女性が全ての家事を負担するべき、女が男を支えるべき、という彼の結婚観は受け入れがたいものがあった。

昂也の電話がなくても、どのみちいつかは別れていただろう。

「そうか……」

はっきりと断言する比奈に、昂也が安心した様子で頷いた。そしてシェフのパフォーマンスに視線を向けつつ付け加える。

「愚痴《ぐち》を言ってスッキリするなら聞くぞ。独り言のつもりで話せばいい」

その台詞《せりふ》で、昂也が食事の場にステーキレストランを選んだ理由がわかった。

恋愛の愚痴《ぐち》など、上司に面と向かって話せるわけがない。

こうやってカウンター席に並んで、目の前のパフォーマンスを眺めながらの方が話しやすいだろうという配慮だろう。

デモに巻き込まれた社員に対するのと同じくらい、昂也は部下の自分を気にかけてくれている。

本当にいい上司だと思う。

「せっかくこんな高級なお店に連れてきていただいて申し訳ないんですけど、私の目が腫《は》れているのは、昨夜彼と泣ける映画を観て号泣したからです」

「……は？」

昂也が間の抜けた声を上げる。

チラリと視線を向けると、想定していなかった返答に驚き、瞬《まばた》きをする昂也と目が合った。

普段よく見る厳しい表情との落差につい笑ってしまう。

「気遣っていただいたのに、無駄な出費になってしまいましたね」

努めて明るい口調で話す比奈に、昂也が「いいさ」と笑う。

「昨日の礼と日頃の労をねぎらう意味で、美味《うま》いものを食わせたかったからな」

ちょうど、食べやすいサイズにカットされた肉が目の前に並べられていく。

いただきます、と軽く手を合わせて、昂也が食事を始めるので、比奈もそれに倣《なら》う。

絶妙な火加減で内側に閉じ込められた肉汁が、噛んだ瞬間口内に広がる。

「美味《おい》しいっ」

口元を手で覆《おお》い、思わず声を上げる。そんな比奈に、昂也が何気ない口調で尋ねてきた。

「昨日のデートは、楽しめたか？」

嘘を吐くことに後ろめたさを感じつつ、肉を頬張っているのをいいことに、首の動きだけで答える。そして咀嚼《そしゃく》した肉を呑み込むなり、強引に話題を変えた。

「そういえば昼間お使いに行った時、専務が部長にそろそろ結婚して欲しいって零してましたよ」

「そうか……」

たちまち昂也が渋い顔をする。

きっと本人にも、再三結婚の催促《さいそく》をしているのだろう。

「私の心配より、まずはご自分の結婚相手を探した方がいいんじゃないですか」

「面倒くさい」

比奈の提案をあっさり却下し、昂也はワインを呷《あお》った。

「不遜《ふそん》な言い方になるかもしれないが、クニハラの跡取り息子の結婚ともなれば、それ相応の式を挙げることになる。そうなれば準備だけでも一苦労だ」

「式の準備が面倒だから、結婚しないんですか？」

呆れる比奈に抗議するように、昂也が大きく息を吐く。

「そう言うけどな、会社同士の付き合いやら、親族の序列とパワーバランスやらを配慮して招待客を決めたり、配席からスピーチの順番を決めたり……考えただけでうんざりする」

親族の結婚式で、よほど面倒くさい実例でも見たのかもしれない。

昂也は心底嫌そうな顔で、結婚することで生じる面倒事の数々を指折り数えて挙げていく。

まあ確かに、昂也の立場での結婚ともなると、比奈が思う結婚とは根本的に違ったものになるのだろう。結婚式の前には結納もあるし、新居を決める必要もある。式を挙げたらその足で、新婚旅行にも行くはずだ。確かに忙しそうだ。

でも、そこまで忙しくしていれば、周囲も昂也に持ち込む相談事の量を加減してくれそうな気もする。

「忙しいのなんて、ほんの一時期だけですよ。それを乗り越えれば、いい思い出になるんじゃないですか」

そう話す比奈に、昂也はわかってないと首を横に振る。

「家庭を持てば、今までのペースで仕事をするわけにはいかないだろ。部屋に観葉植物を置くのとはわけが違う。常に相手の生活ペースや気持ちに配慮する必要がある」

確かに、社員への気配りを欠かさない昂也のことだ。いざ結婚すれば、家族を思うよき家庭人になるかもしれない。きっと、達哉のように自分を支えろ、家事をちゃんとしろなどと、自分の利益だけを相手に求めたりはしないはずだ。

「配慮……なんて重い考え方しなくても、好きな人と結婚すれば、自然と相手の生活リズムに合わせたいとか、一緒にいたいと思うようになりますよ」

専務の言うとおり、昂也は結婚して帰るべき場所ができたら、今より節度を持った働き方をしそうだ。そうなれば、彼のアシスタントである比奈のプライベートも確保できるのではないか……

——そうよ、その手があったじゃない！

比奈が妙案を思いついたのと同時に、昂也がパチンと指を鳴らす。

「それだっ」

そう声を上げた昂也は指を比奈の方へ向け、悪戯《いたずら》を思いついた子供のようにニヤリと笑った。

「どうしたんですか？」

得意げな昂也の表情に、比奈は嫌な予感を抱く。

「小泉の言うとおりだ。オレが結婚しないのは、仕事量を減らしてまで一緒にいたいと思う相手がいないからだ。小泉の好きそうな言葉を借りるなら、まだ運命の恋とやらに出会ってないということになるな」

「……はっ？」

——突然なにを言い出すのだ。

呆れる比奈に、昂也は得意満面な様子で続ける。

「諸々《もろもろ》の面倒を乗り越えてでも結婚したいと思える相手に出会えたら、その時は迷わず結婚する。今度、親父に聞かれたら、そう言っといてくれ」

恋愛さえご無沙汰な人がなにを言う。

「つまり、結婚する気はないんですね」

隣へ冷ややかな視線を向ける比奈だが、頭の中ではめまぐるしく考えを巡《めぐ》らせていた。

猪突猛進《ちょとつもうしん》な彼のこと。もし本当にそんな相手が現れたら、恋にのめり込み、宣言どおり結婚するのではないか。そうなれば、周囲だって昂也に配慮して、闇雲に相談事を持ち込んだりしなくなる。昂也に持ち込まれる相談事が減れば、自然と比奈の仕事量も減り一石二鳥だ。

つまり、昂也が結婚するだけで、連鎖的に周囲が幸せになっていく。

――バタフライ効果、バタフライエフェクト。

目まぐるしく回転する比奈の頭に、学生時代耳にした言葉が思い浮かぶ。

ブラジルの一匹の蝶《ちょう》の羽ばたきは、テキサスで竜巻を起こすかという講演の話をもとに、蝶《ちょう》の羽ばたき程度の僅《わず》かな力が加わることで、予測不能な変化が生じるのではないか……といった仮説定義の際に使われた言葉だったように思う。

自分の恋愛やプライベートを充実させる方法にばかり気を取られていたが、逆に昂也に恋人ができる方が比奈やその周辺に大きな幸せをもたらすのかもしれない。

「小泉、どうかしたか？」

自身の考えに没頭する比奈の顔を、昂也が覗《のぞ》き込んできた。

意識を引き戻された比奈は、今しがた閃《ひらめ》いたアイディアに目を輝かせて頷く。

「いえ、なんでもないです。次に専務にお会いした際には、必ずお伝えします」

「ああ……そうしてくれ」

昂也は一瞬、変な顔をしたが、「任せた」と言って、食事を再開する。

その後、仕事の延長のような世間話をしつつも、比奈は頭の中で今後についての計画をあれこれ練り始めるのだった。

2　恋の策略

ホテルのラウンジで人を待つ昂也は、長い脚を持て余すように組んで、ソファーの肘掛けに頬杖をつく。

今日はこれから、人と会うことになっている。

その人物は海外情勢に詳しく、先日デモが起きた国に滞在していた経験があるそうだ。

外部の意見を聞くことは非常に参考になる。

企業に属していると、どうしてもその企業の風潮に染まったものの見方になり、考え方が偏ってくる。そのため、自分とは違った視点で物事を捉《とら》える人の意見が重要になるのだ。

今日会うのは、その考えをよく知る比奈から、是非、食事でもしながら意見交流をしてはどうかと提案された人物だ。彼女が勧めるくらいなのだから、有意義な食事会になることは間違いない。

そういった期待からか、思いのほか早く待ち合わせ場所に着いてしまった。

自分と別行動を取っていた比奈からは、珍しく時間に遅れると連絡があった。

二年前から補佐役となった小泉比奈は働き者で、いつも楽しそうに大量の仕事をこなしてくれている。と同時に、彼女はプライベートもしっかり楽しんでいる様子だ。

だが最近、そんな比奈の様子が少しおかしい。

これまでは、時々世間話程度に自分の恋人について話すことがあった。だが、最近はまったくと言っていいほど恋人の話をしなくなり、代わりに昂也の恋愛話をやたらと聞きたがる。

――別に、疾《やま》しい過去があるわけじゃないから、聞かれても構わないのだが……

昂也が正直に答える度に、嫌そうな顔をして唇を噛みしめるので扱いに困る。

まあ、恋愛や結婚に夢を抱いているらしい比奈からすれば、割り切った男女の関係を楽しむだけの昂也の恋愛スタイルは受け入れがたいものがあるのだろう。

価値観は人それぞれだ。受け入れられないならほっといてくれればいいのだが、最近の比奈はやたらと絡んでくる。

そして、「恋愛が人生を豊かにする」や、「喜怒哀楽の感情を共有できる人がいる喜び」とやらを、熱心に説《と》いてくるのだ。

――親父にでも頼まれたか……

もしかしたら、自分の結婚を熱望する幹彦に頼まれて、昂也の恋愛事情を探らされているのかもしれない。

陽気なのはいいが、時々悪戯《いたずら》心が過ぎる面のある父のことだ、その可能性は大いにある。

――人の部下を一体なにに使っているんだ。

これならば、早目に釘を刺しておくべきだろう。

そんなことを考えていると、自分のかたわらに人の立つ気配がした。

ソファーのすぐ横に、女性らしいラインを強調する上品なスーツを着こなした美人が立っている。

「國原さんでよろしいかしら？」

艶《つや》やかで豊かな髪が顔にかからないよう手を添えながら、女性が問いかけてくる。

背が高くハッキリした目鼻立ちと、それを引き立てるメイク。大人びた気品を感じさせるフレグランス。彼女の纏《まと》う雰囲気の全てが、昂也が過去に関係したことのある女性の面影《おもかげ》に重なる。

一瞬、昔の恋人の誰かに話しかけられたのかと錯覚したが、初めて見る顔だ。

「國原さんですよね？」

過去の恋愛相手を辿《たど》ることに気を取られ返事をせずにいたら、再び名前を確認された。

「失礼。そのとおりです」

苦笑いを押し殺し昂也が立ち上がると、相手の女性が手を差し出してきた。

「秘書の小泉さんからご連絡いただきました、芦田谷寿々花《あしだやすずか》と申します」

「ああ、失礼。小泉から経歴と苗字しか聞いていなかったものですから、勝手に男性だと思い込んでいました」

――それは嘘だ。

今時、経歴や学歴で男女の判断をしたりしない。しかし、さすがに昔の恋人かどうか悩んで返事が遅れましたとは言えないだろう。

そんな内心を綺麗に隠し、穏やかな笑みを浮かべて昂也は差し出された手を握り返した。

「國原昂也です。ご連絡させていただいた小泉は、所用で少し遅れております」

テーブルを挟んだ向かい側のソファーを勧めつつ、「それと、小泉は私の秘書ではありません」と、付け足す。

ひとまず互いにソファーへ落ち着いたところで、昂也は比奈の到着時間を確認するべくスマホを取り出した。その瞬間、メールの受信を知らせる音が鳴る。

比奈からのメールだ。

開くと、出先でトラブルがあり、まだしばらくかかりそうなので先に食事を始めて欲しいとあった。

「……」

相手が現れた途端にこのメール。あまりのタイミングのよさに、逆に違和感を覚える。

昴也は目の前の女性に微笑みを向けると、芦田谷と名乗る女性は意味深な微笑みを返してきた。

視線を交わすだけで、相手のパーソナルスペースを確かめる仕草に、自分と同種の匂いを感じる。

彼女とは、いい意見交換ができそうだ。

昴也も人間である以上、どうしたって生理的な人の好き嫌いはある。だから仕事の一環でも、相手が好感の持てる人物であることは望ましい。

「申し訳ありませんが、小泉は遅れるようです。もしよろしければ、先に二人で食事を始めませんか?」

店は、このホテルの上階を比奈が予約している。視線で上階を示しながら誘うと、芦田谷が目を細め、グロスで艶《つや》めくふっくらとした唇に笑みを浮かべた。

「喜んで」

「では……」

立ち上がる昂也へ、芦田谷は自然な様子で手を差し出してきた。無視する理由もないので、その手を取り立ち上がるのを手伝う。

彼女の体が近付いた瞬間、昂也の鼻腔《びこう》を艶《あで》やかに咲き誇るバラの香りが刺激する。様々な種類のバラで花束を作ったような、複雑に重なり合う香りは昂也の好みだ。

「どうかされました?」

一瞬動きを止めた昂也に、芦田谷が首をかしげる。

「いえ……いい香りだと思って」

彼女が使用している香水は、昂也が好んで使うブランドの女性ものだろう。美味《おい》しそうな匂いを嗅げば食欲が刺激されるように、美しい女性が好みの香りを纏《まと》っていれば、つい体が反応してしまうものだ。

「ありがとうございます」

昂也の言葉に気をよくしたのか、寿々花が大人の魅力に溢《あふ》れた上品な微笑みを浮かべる。

ここしばらく仕事に忙殺され余暇を楽しんでいなかったので、寿々花の女性らしい仕草に男の本能が刺激されなくもないが……

昂也は苦笑いを噛み殺しつつ、彼女と肩を並べて歩く。

比奈の言動がおかしいと感じていたこのタイミングで、昔の恋人とよく似た女性との出会い。しかもセッティングした比奈は、遅刻ときている。

――なにを考えているんだか……

仕事を介して好みの異性と出会えば、運命の恋が始まるとでも思っているのだろうか。少女漫画でもあるまいし、世の中そんなに都合よく運命の恋が転がっているわけがない。

さりげなく周囲に視線を走らせると、ロビーの柱に人が動く気配を感じた。

「アホか」

「……？」

思わず小さな声で呟いた昂也に、芦田谷が視線で問いかける。

「なんでもないです。食事を楽しみましょう」

昂也は、魅力的な微笑みを浮かべ歩き出した。

◇　◇　◇

――順調、順調。

寿々花と並んでエレベーターホールへと向かう昂也の背中を見送りながら、比奈は柱の陰でほくそ笑む。

そして、一足遅れで二人の後を追った。

今から二週間前。ステーキハウスで昂也と食事をした日、比奈は彼が結婚しプライベートを充実させることで、自分たちの状況が大きく変化することに気付いた。

そのためにはまず、彼に理想の女性と出会ってもらう必要があるのだが、仕事人間の昂也を出会いの場に連れ出すのはなかなか難しそうだ。それならばいっそのこと、女性の方から仕事の場に出向いてもらえばいいのではないかと考えた。

昂也に熱を上げている女性は数多くいる。けれど、昂也のお眼鏡にかなう女性はそういない。

できることなら運命の女性に出会い、結婚まで順調に運んで欲しい。それに、出会う相手は國原家の嫁にもなるのだから、きちんと厳選する必要があった。

そのためには、協力者がいる。

そこで比奈は、昂也にお使いを頼まれるのを待って、幹彦に仕事に絡めたお見合いをセッティングしてはどうかと提案したのだった。

大事なのはたくさん見合いをすることではなく、昂也が自然と結婚を意識する相手と出会うことなのだから。

幸いなことに、比奈は昂也の過去の恋人のタイプを知っているし、スケジュールも把握している。なので、仕事にかこつけて彼の理想の女性との出会いをセッティングすることができるのだ。

幹彦も比奈の案に興味を示してくれたので、さっそく行動を起こした。

昂也が恋人に求める条件をさりげなく聞き出し、幹彦のもとに送られてくる数多《あまた》のお見合い候補の中から条件と照らし合わせて、一人の女性に白羽の矢を立てる。それが彼女、芦田谷寿々花さんだ。

昂也好みの容姿とスタイルに、申し分のない家柄を併せ持つ寿々花は、優れたキャリアの持ち主でもあった。仕事を介して出会うことに、少しの不自然さもない。

釣書を見てこの人だと思った比奈は、さっそくアポを取り寿々花に会いに行った。まずは見合いの意思を確認すると、実は以前から昂也に憧れていたのだと打ち明けられた。

良家の子女である寿々花は、親のお供で行く財界人のパーティーで昂也を見かけ、密かに好意を寄せていたのだという。

ただパーティーでいつも話の中心にいる昂也に話しかけることはできず、気を利かせた彼女の年の離れた兄が、知人を介して國原家に見合い写真を預けたのだとか。

そんな彼女に、比奈は改めてこの見合いの意図を説明した。

現在の昂也に結婚の意思はなく、普通に見合いをしたのでは絶対に断られること。そこで仕事を絡めた自然な出会いの中で寿々花に興味を持ってもらい、結婚へ繋げたいと話した。

最初は戸惑いを隠さなかった寿々花だが、少しでも可能性があるのなら、と比奈の提案を承諾し、今日のために備えてくれたのである。


少し時間を置いてエレベーターに乗り込んだ比奈は、予約してあるレストランに入った。フロントで名前を告げ、二人が座る窓辺のテーブルの死角となるテーブルへ案内してもらう。

グラスに注《つ》がれた水を飲みつつそっと二人の様子を窺《うかが》うと、話が弾んでいる様子だ。口元に指を添えて話す寿々花に、昂也は微笑みながら相槌《あいづち》を打っている。

仲睦まじく語らう美男美女の姿を陰から見守りつつ、比奈は強く両手を組み合わせた。

——寿々花さん、完璧です。

実のところお見合い写真で見た寿々花は、整った顔立ちをしているが、ひっつめた黒髪と縁のある眼鏡が野暮ったく、美しさより生真面目な印象の方が強かった。

そして実際に会った寿々花は、いい意味でその印象どおりの人だった。

でもだからこそ、比奈は寿々花が昂也の見合い相手に相応《ふさわ》しいと思ったのだ。

これまでリサーチした結果、昂也は女性に後腐れなく楽しい、刹那《せつな》的な恋愛しか求めていない。

そんな彼にこそ、寿々花のような真面目で、昂也を愛している人と真剣な恋をしてもらいたい。手始めとして、まずは寿々花に興味を持ってもらう必要がある。

そのために、彼女の外見をより昂也好みに近付けてもらったのだ。

最初こそ「自分なんかが……」と、戸惑いを見せた寿々花だが、比奈の説明に納得すると、嫌な顔一つせず熱心に比奈のアドバイスに耳を傾けてくれた。そして生真面目に問題改善に取り組み、こちらの予想以上の成果を出してくれた。

念のため離れた場所から見守っていたが、これならもう大丈夫だろう。

このまま隠れて見ているのは、かえって無粋になる。

そう判断した比奈が席を立とうとした時、昂也が立ち上がるのが見えた。

——電話かな?

出口で鉢合わせるとまずいので、彼が戻ってきてから店を出るべきだろう。そう考えた比奈は、再び席に腰を下ろす。そして、極力昂也の視界に入らないよう俯《うつむ》いた。

しかし、何故か昂也は、迷うことなく比奈のいる席の方へ向かってくる。

——ちょっと、なんでっ!

比奈の席は出口とは反対方向だし、お手洗いもなかった。昂也がこちらに来る理由はわからないが、とにかく見つかるのはまずい。比奈はさらに顔を俯《うつむ》かせて相手から顔を隠した。

昂也の足音が自分の横を通り過ぎていく。

足音が完全に聞こえなくなるのを確認してそっと顔を上げると、ぽかんとした表情でこちらを見ている寿々花と目が合った。

「……？」

頭に幾つものクエスチョンマークが浮かぶ。周囲を見渡そうと背後に首を向けた比奈は、その姿勢のまま硬直した。

自分の真後ろに、腰に手を添え、仁王立ちする昂也の姿があったのだ。

「小泉、ご苦労だな。ここで仕事か」

穏やかな口調でそう語りかけてくる昂也だが、目が笑ってない。

「あの……部長、実は……たった今、駆けつけたんですけど、お二人があまりに楽しそうだから邪魔をしちゃ悪いと思って……」

しどろもどろに言い訳をする比奈に、昂也が問いかける。

「ほう……なら、どうして最初から席が二人分で予約されている？」

「……えっ、お店のミスじゃないですか」

自分のミスに気付き、咄嗟《とっさ》に知らないふりをするが、それで誤魔化される彼ではない。

「この見合いは、親父の差し金か？　説明しろ」

「いえ……専務は、絡んでいるというか、いないというか……」

「お前は、いつから親父の部下になった」

昂也が矢継《やつ》ぎ早《ばや》に質問を投げかけてくるが、言葉が思考に追いつかずただ口をパクパクさせる。

「えっと……あの……それは…………っ」

「まどろっこしいっ！」

苛立つ昂也が比奈の腕を掴み、強引に立たせた。

その拍子《ひょうし》に椅子が後ろに倒れるが、昂也はそれを気にも留めず、比奈を引きずるようにして歩き出す。

よほど腹が立っているのだろう。普段の昂也からは考えられない、乱暴な扱いだ。

「部長っ……待ってください。お店の人が驚いてます」

「罰だ。無関係の彼女に恥をかかせるんだ。お前も恥をかけ」

「……っ」

昂也の言葉にうなだれる比奈を引きずり、彼は寿々花の前で立ち止まる。

「あの……」

状況が呑み込めないのは、寿々花も同じなのだろう。どう対応すればいいかと、忙《せわ》しなく比奈と昂也を見比べている。

さっきまでの余裕のある大人の表情が崩れ、素の表情で驚く寿々花に、昂也が深々と頭を下げた。

「今日は貴重なお時間をいただき、ありがとうございました」

昂也が魅力たっぷりの微笑みを添えて言う。

「食事の途中ですが、社の者と急ぎ話し合う必要が生じましたので、今日はこれで失礼させていただきます」

「はあ……」

比奈に戸惑った視線を向けつつ、寿々花がぎこちなく頷く。

彼女は比奈に状況の説明を求めているのだろうけど、今はとても無理だ。

後日必ずお詫びに伺《うかが》いますと心に誓いつつ、ひたすら視線で詫びる。

そんな中にあって、昂也の口調はいたって穏やかだった。

「貴女の話はどれも興味深く、短いながらも大変有意義な時間でした。機会がありましたら、是非またお話を聞かせてください」

仕事を通して彼女に興味を持ってもらう、という目的が成功したように感じる言葉だ。

昂也のキラキラオーラに免疫のない寿々花も、彼の微笑みに頬を赤く染めている。だが比奈には、当たり障りのないその笑い方で昂也に脈がないのだとわかった。

比奈は、この見合いの失敗を確信してがっくりとうなだれる。

蕩《とろ》けるような魅惑的な笑みを浮かべる昂也が、寿々花に右手を差し出した。

蝶《ちょう》が花に引き寄せられるように寿々花が手を差し出すと、昂也はその手をしっかりと握る。

「ではまたの機会に」

「はい……」

昂也はダメ押しとばかりに甘く微笑み、比奈を引きずるようにして歩き出す。

チラリと見上げた横顔は、さっきまでと別人のように厳しい。

——確実に怒っている……

寿々花のことが気になり振り向くと、彼女はどこか夢見心地でこちらを見送っている。

その様子に、罪悪感と申し訳なさが募《つの》った。

「部長、ちょっと寿々花さんに謝罪してきていいですか」

「そう言って、逃げる気か？」

昂也が不機嫌に返してきた。

「逃げませんよ。逃げたところで、どうせ職場は同じなんですから」

比奈がそう言うと、やっと納得した様子で手を離してくれる。

しかし結局、謝罪に行くのは許されず、そのまま車に連行される羽目になった。

◇　◇　◇

不機嫌な顔で車を走らせる昂也は、信号待ちのタイミングで助手席の比奈の様子を窺《うかが》った。

両手を膝の上で揃え萎《しお》れたように俯《うつむ》く姿を見ると、可哀想になってくるが、さすがにこれは簡単に許す気になれない。

「なにかオレに言うべきことがあるんじゃないか？」

「すみませんでした」

「誰に対して、どういう意味での謝罪だ？」

謝罪の言葉を口にすれば済む問題じゃない、と昂也は厳しく比奈を叱る。

「部長と芦田谷さんにです。部長にお見合いと告げず彼女と会わせたこと。純粋に部長との見合いを望んでいた芦田谷さんに、あれこれ入れ知恵した挙句、結果的に彼女に恥をかかせることになってしまったことへの謝罪です」

それがわかっていればいいと、昂也は無言で頷く。

助手席の比奈は、肩を落として黙り込んでしまう。

そのまま車を走らせているのも気まずくて、昂也は声のトーンを少し和《やわ》らげて話しかけた。

「すぐにバレるんだから、二度とこんなことはするな」

やってしまったことは仕方がない。

寿々花には、昂也の方からも改めて謝罪の場を設《もう》けるつもりでいるが、これ以上比奈を叱る必要はないだろう。

「部長は……どのタイミングから、これがお見合いだって気付いたんですか？　あと、どうして私がいるとわかったんです？」

昂也の声のトーンが変わったことで少し緊張が解《ほぐ》れたのだろう。でもまだ声が、おっかなびっくりといった感じだ。そこまで縮こまるくらいなら、最初からこんなことしなければいいのに。

そう呆れつつ、昂也が返す。

「最初からだ」

「えっ！」

ため息まじりの言葉に、比奈が本気で驚いた顔をする。

その嘘のない表情に、怒っていたのを忘れてつい笑ってしまった。

「普通に考えて変だろ。このところ、やけにオレの恋愛遍歴を知りたがると思っていたら、過去の恋人たちに似た外見の女性が現れたんだ。おかしいと思うのが普通だろう？」

しかも寿々花は、昂也が知りたいと思っていたデモが起きた国の情報を迷わず話し始めた。他の雑談についても、昂也の趣味嗜好《しこう》を踏まえた話題ばかり。

「確かに……」

やり過ぎた。と、比奈が小さく呟くのを聞き逃さなかった。

ふうっと、ため息を吐いた昂也が、ついでとばかりに付け加える。

「それに、彼女は全てが真新しすぎたんだよ」

「はい？」

信号の色が変わったのに合わせ、アクセルを踏みながら続ける。

「根元までしっかり染まり綺麗にパーマを当てられた髪に、塗ったばかりのネイルとおろしたてのスーツ。靴もバッグもアクセサリーも全部が真新しいもののように感じた」

「それは……それだけ部長と会うのを楽しみにしていた証拠では？」

既に嘘はバレているのに、何故か比奈が未練がましく反論してくる。

「普段からお洒落《しゃれ》を楽しむ女性には、ある種のパターンが生まれる」

「パターン……ですか？」

「そうだ。華やかな女性というのは、自分を美しく見せる研究に余念がない。それを追究していくうちに、自分のお気に入りのパターンが生まれてくるんだ。そうしたパターンには、大抵お気に入りのアイテムがある。たとえば、首筋を美しく見せるネックレス、脚を長く見せるパンプス……そういう自分好みのアイテムを必ず入れてくる」

チラリと助手席を見ると、比奈が真剣な様子で聞いていた。

「真新しすぎると言ったのは、お気に入りのアイテムであればあるほど、そう簡単に新調したりしないものだからだ。こまめにメンテナンスをして長く使い続ける」

しかもお見合いという緊張する場面であれば、一つくらいそういったアイテムに頼りたくなるものだ。それなのに、寿々花の持ち物は全てが新しかった。

おそらく、昂也の好みに合わせて買い揃えたもので、普段の寿々花の持ち物とは違うのだろう。

「部長、探偵になれますね」

助手席の比奈は、本気で感心している。

「そういった女性を、飽《あ》きるほど見てきたからな」

そして言葉どおり、飽《あ》きたから遊ばなくなっただけだ。女性と付き合いたいと思えば、相手はすぐに見つけられる。今の昂也にそうした女性がいないのは、それを必要としていないからだ。

それなのに親は、最近やたらと見合い話を持ってくる。

親の言い分もわからなくはないが、いい年をした息子の恋愛なんてほうっておいてもらいたい。

しかも、部下にまで世話を焼かれるとは。

「親父になんて頼まれたんだ？」

比奈が個人的に、寿々花と繋がりを持てるとは思えない。

彼女の家柄からして、おそらく父に持ち込まれた見合い相手の一人だろう。

察するに、専務から強引に頼まれて断れなかったのかもしれない。それならそれで、父に二度と部下を巻き込まないよう釘を刺しておく必要がある。

ついでに、いい機会だから今後見合い話を持ってくるのをやめさせたい。

そんなことを考えていると、意外な一言が返ってきた。

「今回のことは、全て私が考えたことです」

「……なにっ⁉」

驚く昂也に、「私が、恋愛を楽しみたかったんです」と、よくわからないことを言ってくる。

「は？」

いつも忙しく動き回る比奈は思考回路も忙しいらしく、ちょくちょく会話の流れをすっ飛ばして結論を口にする傾向がある。

彼女がいきなり突拍子《とっぴょうし》もない言葉を言うことには慣れているが、さすがに意味がわからない。

「恋愛を楽しみたいなら、オレのことなんかほっといて、恋人とデートすればいいだろう」

比奈の恋愛と自分の見合いが、どう繋がるのかわからない。

「フラれました」

「は？　いつ」

「この間のデートで。でも、それはもういいんです」

「いや、だが……」

瞼《まぶた》を腫《は》らし目を充血させていた比奈を思い出して、罪悪感を覚えた。

タイミングから考えて、別れのきっかけを作ったのはおそらく自分の電話に違いない。

デート中の彼氏を怒らせてまで電話に出なくてよかったのに……そう言ってしまうのは簡単だ。

あの日、彼女から得た情報で問題が解決したのは事実なのだから。

それに、そんな状況でも比奈が昂也の電話に出てくれたのは、彼女の気遣いだと知っている。

「きっと、どのみち別れてました」

納得のいかない顔をする昂也へ、比奈がなんでもないことみたいに告げる。

彼女の話を要約すると、仕事が忙しすぎて恋人にフラれたらしい。ただ比奈としては、元カレに未練はなくヨリを戻す気もないのだとか。

その話のどこまでが強がりなのかはわからないが、とにかく比奈はさっさと新しい恋人を見つけ、プライベートを充実させたいらしい。そのためには、まず昂也がプライベートを充実させる必要があるのだと力説された。

――まったくもって支離滅裂だ……

聞けば聞くほど意味がわからず、昂也はため息を吐いた。

とりあえず、恋人を作ってプライベートを充実させたいというのであれば……

「休暇を取って、羽を伸ばしてはどうだ？　有給、余っているだろ。それとも、しばらく定時で帰るか？　仕事については心配するな」

これまで彼女に任せていた仕事を、他の誰かに任せればいいだけの話だ。最悪、昂也一人でもどうにかなる。そんな昂也の提案に、比奈は首を横に振った。

「私が言いたいのは、そういうことじゃないんです。今の仕事は好きです。でもそれと同じくらい、プライベートも大事にしたいんですよ」

「だから、そのための提案をしているんだろ」

決して悪くない提案だと思うのだが、何故か非難めいた視線を向けられてしまった。

「全然違います！　私は自分だけが幸せになりたいわけじゃないんです。みんなで一緒に、幸せになりたいんです」

そのために今回の見合いは、あえて仕事を通じた出会いの場をセッティングし、運命の出会いとなるよう相手も厳選したのだという。

「部長が結婚し家庭を持つことで、部長はもちろん、私を含めた多くの人が幸せになれるんです！」

そう話を締めくくる比奈の口調はいたって真剣だが、昴也としては呆れるばかりだ。

――その結論に辿《たど》り着く間に、幾つの言葉をすっ飛ばしたんだ。

バックミラーで確認する比奈の表情に、冗談を言っている気配はない。

だが、失恋の痛手で思考が迷走しているとしか思えない言動だ。

今回の首謀者が幹彦なら、釘を刺せば済む。しかし相手が比奈となると、彼女の失恋のきっかけを作ってしまっただけに強く叱りにくい。

仕方なく、別の提案をしてみる。

「小泉には悪いが、オレにとって恋愛は暇つぶしの戯《ざ》れ言《ごと》にすぎん。以前も言ったとおり、今はそれすらも面倒だと思ってる。結婚なんて問題外だ」

昴也の言葉に、比奈が露骨に渋い顔をした。

その表情を確認した昴也は、微かに口角を上げる。こちらの提案を持ちかける前に、相手に心理的揺さぶりをかけてから交渉に入るのは商談の基本だ。

「ただ上司として、部下の意見を頭ごなしに否定するつもりはない。小泉が本気で自分の意見が正しいと思うのであれば、耳を傾けてもいい」

神妙な顔で頷く比奈に、昂也は厳しい表情で続ける。

「だが人に結婚を勧める以上、お前にはその有用性をオレに理解させる責任があるはずだ」

「責任ですか？」

昂也は、比奈の表情をチラリと確認しながら続ける。

「そうだ。だからこうしないか？　まずはお前がオレに、結婚したくなるような恋愛の楽しさとやらを教えてくれ」

昂也の提案に、比奈が眉を寄せる。

「……どうやって、ですか？」

わかりやすく困り顔を見せる比奈に「さあ」と、悪戯《いたずら》な笑みを見せる。

「ただ、小泉の言う恋愛の楽しさってやつが理解できたら、その時は真剣に結婚を考えてもいい」

実際のところ、昂也は本気でそんなものを教えて欲しいと思ってはいない。

しかし、頭ごなしに叱りにくいので、いっそ彼女の方から匙《さじ》を投げてもらおうと考えたのだ。

無理難題をふっかけ、比奈の方から諦めてくれるのを待つ。せっかくだから、彼女が悩む項目をもう一つ追加しておく。

「それと、もしまたオレの見合いをセッティングするつもりなら、オレの好みをちゃんとリサーチしてからにしてくれ」

「え、リサーチはしましたけど……」

「名誉のために言わせてもらうが、オレは見た目だけで相手を選んでいるわけじゃないからな」

「もちろんです。人柄も考慮した上で、芦田谷さんを紹介させていただきました。私は部長にも、ちゃんと幸せになってもらいたいので」

素早く返す比奈は、真面目な顔をしていた。

「すまん……」

無茶苦茶な見合いではあるが、比奈なりに昴也のことを真剣に考えてのことだったのだろう。

少し言い過ぎただろうかと悩む昴也の隣で、比奈が思案顔を見せる。

「いいえ、部長が満足していないのなら、完全に私のリサーチ不足です。ちなみに、どの辺が好みと違ったのでしょう？」

「自分で考えろ。無理なら、諦めてもいい」

――というより、オレを結婚させることを諦めて欲しい。

心の底からそう祈っていると、助手席の比奈が握り拳《こぶし》を作って宣言した。

「簡単に諦めたりしません。私の将来にも関わる問題ですから。……承知しました。早々にプランを考えてお持ちします！」

「……じゃあ、交渉成立だな」

しょうがないと苦笑いしつつ、昂也は了承した。

3　二人の休日

猪突猛進《ちょとつもうしん》な誰かさんほどではないが、有言実行を旨とする比奈もこうと決めれば行動は早い。

昂也に結婚の有用性を理解させる第一段階として、まずは結婚したくなるような恋愛の楽しさを教える。

それさえ理解できれば彼は結婚を考えてもいいと言った。

ならば、そのためになにが必要か、比奈は考えた。

結果、昂也が休日を返上してまで仕事に没頭しているのは、彼が仕事以上に心から楽しめるものがないからではないか。もしくは忙し過ぎて、休日を楽しむということを忘れてしまっているからではないかと思った。

それならばまずは、休日の楽しい過ごし方を思い出してもらうべきだろう。それと同時に、楽しい時間を誰かと共有することに価値を感じてもらえばいいのだ。

もちろん、その相手が比奈では力不足とわかっているけれど、要はとっかかりになればいいのである。そこでさっそく、休日に一緒に出かけるプランを昂也に提案してみた。

一瞬面倒くさそうな顔をした昂也だったが、言い出した手前断ることなく承諾してくれた。

「これでいいかな?」

プラン実行の日、比奈は鏡に映る自分の姿を確認する。

緩《ゆる》く纏《まと》めた髪をアップにし、フレアスカートのワンピースに薄いカーディガンを合わせた。小柄な自分には似合っているお気に入りのスタイルだが、昂也と一緒に出かける格好として正解なのか不安になる。

比奈は昂也の私服姿を見たことがない。しかし、普段から上質なスーツをお洒落《しゃれ》に着こなす彼のことだから、休日の装《よそお》いも間違いなくハイクオリティだろう。

「一緒にいて、変じゃないかな……」

自分が彼の好みの女性のタイプからかけ離れているのは確かだ。

別に比奈が昂也の好みの格好をする必要はないが、並んだ時にあまりにアンバランスになるのは避けたい。

秋色を意識したシックな色使いなので大丈夫とは思うが、もっと落ち着いた印象の服に着替えた方がいいだろうか……

そうして鏡の前で悩んでいると、比奈のスマホが鳴った。

相手は昴也で、比奈のマンションの前に到着したとのことだった。

「まあ、いいか」

これで駄目なら、それはそれ。今後の参考にさせてもらおう。

自分を納得させるようにスカートの皺《しわ》をのばし、比奈はバッグを手に部屋を出た。


「どうした？　乗らないのか？」

車の運転席の窓を開け、昴也が不思議そうに問いかけてきた。

「……いえ、乗ります」

昴也はたまに車通勤することがあるので、彼の車は承知しているつもりだった。

てっきり今日も、自社産の黒のセダンが停まっていると思っていたのだが……

マンションの前に停まっていたのは、業務提携している海外メーカーのスポーツカーだった。

「このシルバーのスポーツカー、部長のですか？」

国産車とは逆の位置にある助手席に回り込みながら比奈が聞く。

「休みの日に、通勤用の車を使うわけがないだろ」

昂也は呆れたように言うが、呆れるのは比奈の方だ。

比奈の感覚では、普通、車は一人一台だろう。都内なら持っていない人もざらにいる。

かくいう比奈も、就職活動の前に免許は取ったが、完全なるペーパードライバーだ。

「もしかして、この他にも車を持ってたりするんですか？」

「売るほど持ってる。家業だから」

シートベルトをする比奈を見て、昂也がからかい口調で肩をすくめた。

「まあ、そうですね……」

よく考えれば、創業者一族である彼が高級車を複数所有していてもなんの不思議もない。

同じ会社に勤めているとはいえ、比奈と昂也では普通の感覚がいろいろ違うのだ。

そんなことを再認識しつつ、ハンドルを握る昂也の姿を確認する。

今日の彼は、チノパンにイタリアブランドの厚手のサマーニット。座るにはやや窮屈《きゅうくつ》そうな後部座席に、無造作にジャケットが置かれている。

夏の名残《なごり》でなかなか暑さが消えないが、時間帯によっては肌寒さを感じるこの時期にぴったりな服の選び方だ。

――やっぱり、スタイリッシュでお洒落《しゃれ》だ……

普段はきっちりとしたスーツ姿しか見たことがないので、肌を出している彼は新鮮だ。男性的な色気に溢《あふ》れた彼が高級車のハンドルを握る姿は、様《さま》になりすぎて現実離れして見える。

今日の昴也は、職場の上司と知りつつも、つい見惚れてしまう魅力があった。

それに休日は、香水も使い分けているらしい。いつもの清涼感のある香りと違う、甘さを含んだ香りに内心戸惑ってしまう。

「で、とりあえず映画館に行けばいいのか？」

昴也に一緒に休日を過ごすプランを提案した時、彼から具体的になにをするのかと問われ、映画鑑賞と答えた。

「ああ……」

昴也がこちらの提案をそのまま承諾したので、映画を観に行くことになっていたが、映画鑑賞は比奈の趣味だ。

比奈は恋人や友達と同じ映画を観て、意見交換するのが好きだが、昴也もそうとは限らない。

昴也が楽しいと感じなければ、わざわざ一緒に休日を過ごす意味がなかった。

それに、せっかく恋人と映画に行っても、作品によっては意見が合わず、盛り上がらないこともある。もし選択を間違えてそんな状況に陥《おちい》れば、彼は休日を誰かと過ごすなど時間の無駄だと判断するかもしれない。

――それだけは絶対に避けなくちゃ！

まずは仕事人間の昴也に、プライベートを充実させるメリットに気付いてもらわなければならないのだ。彼が公私の区別をつけてくれるようになることが、比奈のプライベート安泰への第一歩になるのだから失敗するわけにはいかない。

――それに……

ここしばらくの自分の仕事ぶりを思い返し、比奈は考え込む。

昴也に憂《うれ》いなく本日の休暇を楽しんでもらうため、彼が気にしそうな案件をあらかた片付け、確認も全て済ませてもらった。ある意味、達哉とのデートの前より全力で仕事を片付けた気がする。

それもあって、ここしばらく寝不足が続いているので、せっかくいい映画を観たとしても、油断すると寝てしまいそうな気がする。

「で、どこの映画館に行けばいい？」

「やっぱり映画はやめて、部長がデートでよく行く場所に連れて行ってもらえませんか？」

比奈はナビの操作を始める昴也に、そう提案してみた。

まずは、昴也の趣味嗜好《しこう》を理解するところから始めるべきだろう。

仕事ではそれなりに長く一緒にいるのだが、正直、昂也の趣味嗜好《しこう》といったものがいまいちわからない。何事もそつなくこなす彼は、人としての隙もなく、プライベートが想像できないのだ。

「えっと……」

「部長のこと、ちゃんと知りたいんで」

しかし比奈の提案に、昂也はナビを操作する手を止めて戸惑いの表情を向けてきた。

「さすがに……そんなわけにはな……」

珍しく言い淀《よど》む昂也に、なにか特別な思い出があるのかもしれないと焦る。

「無理にとは言いません。部長と恋人の大切な思い出の場所に土足で踏み込んだりしませんから」

慌てて訂正する比奈を見て、昂也が小さく笑った。

「高級レストランで食事して、お洒落《しゃれ》なバーで談笑してホテル」

「はい？」

「オレの普段のデートコースだ。希望があれば、ショッピングや美術館やオペラといった相手の趣味にも付き合うが、基本的にそのコースで締めくくる」

「なっ……」

言葉を失う比奈に、昂也が飄々《ひょうひょう》と続ける。

「趣味は一人でも楽しめる。一人で楽しめないことは、ちゃんと誰かと共有している。そういう意味では、小泉の推奨する正しい恋愛のあり方だと思うが？」

「全然違いますっ！」

即座に否定する比奈に、昂也が面白そうに肩をすくめる。

その表情からして、昂也には比奈の反応が最初から予測できていたのだろう。

「だからそんなわけには……って、言ったんだ」

「部長、最低です」

「小泉に、オレ流の恋愛に付き合えとは言わないよ。それに今日は、小泉が主体なんだろ？　映画をやめるなら、遊園地にでも連れて行けばいいか？」

昂也が、からかいまじりに問いかける。

比奈の恋愛観を、端《はな》から子供っぽいと思っているような彼の態度が面白くない。

むすりと唇を引き結んだ比奈は、少し考えてから口を開いた。

「じゃあ、部長が一人で行って楽しいと思う場所に連れて行ってください」

まずは休日の昂也というものを理解しないことには、なにも始まらない気がする。

「なんのために？」

「プライベートの部長が、なにを好むのかを理解するためです」

即答する比奈に、昂也が首筋を掻く。

「……まあ、いいか」

そう呟いた昂也は、ナビに目的地を入力することなく車を発進させた。

昂也が運転する車は、都内を抜け一時間ほど走って目的地に到着した。何気なく見上げた空を、海鳥が横切っていく。

「水族館、ですか？」

昂也に連れて来られた場所に、比奈は内心驚いた。

「そう」

車を駐車場に停めた昂也が、照れくさそうに頷く。

「なんか……」

意外――と、言いかけて、言葉を呑み込む。

意外に思うほど、自分は昂也のことを知らないのだ。

「最近は忙しくて来ることはなかったが、昔は時々、一人で来てた」

話しながら昂也が車を降りるので、比奈もそれに続く。

「先に昼食でも食べるか？」

腕時計を見た昂也に尋ねられて、比奈も時計を確認する。午前十一時を少し過ぎたところだった。

「部長、お腹空《す》いてますか？」

「いや」

「じゃあ、一通り水族館を回ってから、遅めのランチにしましょう。歩き回ってお腹を空《す》かせた後の方が、ご飯が美味《おい》しくなるはずです」

「了解」

今後の方針をサクサク決める比奈に同意して、昴也が歩き始める。すると数歩進んだところで足を止めて振り向いた。

「――っ！」

大股に歩く彼の歩調に合わせて早歩きをしていた比奈は、その動きに対応しきれず、彼の胸元へ飛び込んでしまった。

「おっと、すまん」

勢いよく胸に飛び込んできた比奈の背中に手を回し、昴也が謝る。

思いがけず抱き合うような体勢になり、彼の胸に触れた頬から昴也の鼓動が伝わってきた。

「いえ……こちらこそ」

背中に感じる逞《たくま》しい腕の感触と、普段とは違う彼の香りに緊張してしまう。

「ところで、ここで部長と呼ぶのはやめてもらえないか？」

比奈を抱きしめたまま、昂也が提案してくる。

そしてこちらの意見を聞こうと、昂也が顔を覗《のぞ》き込んできた。

――ち、近いっ！

距離の近さに焦って、比奈は咄嗟《とっさ》に背中を仰《の》け反《ぞ》らせる。けれど、昂也の腕が背中に回されているため、思ったほど距離が開かなかった。

女性慣れしている昂也ならなんでもないことだろうが、比奈にとっては恋人でもない男性に抱きしめられているこの状況は一大事である。

なんとか抜け出そうと、昂也の腕の中でもぞりと体を動かす。そこでやっと状況に気付いた昂也が、腕の力を緩《ゆる》めてくれた。

「すまん」

状況を詫びる昂也が少し後ずさり、適切な距離を取る。

速くなった鼓動を悟られないよう注意しながら、比奈は昂也を見上げた。

「た、確かにそうですね」

昂也のプライベートを充実させるべく休日に連れ出しておいて、会社と同じ呼び方ではリラックスもなにもない。

「じゃあ國原さんって、呼んでいいですか？」

「恋人ごっこをしたいなら、昂也でもいいぞ」

別に比奈は、昂也の恋人の代わりをしたいわけではない。

「恋人ごっこをしに来たわけじゃありません。私は部長に、恋愛の楽しさを理解してもらうためにここにいるんです」

目的の趣旨を勘違いされては困る。キッパリとした口調で訂正する比奈に、昂也が承知したと頷く。

「では國原で」

「わかりました」

納得して頷く比奈に、昂也がついでと言った感じで尋ねる。

「この場合、オレも、小泉さんと呼んだ方がいいのか？　それとも名前で呼ぶ？」

昂也にファーストネームやさん付けで呼ばれる姿を想像してみたが、しっくりこない。

「……小泉のままでいいです」

今さら昂也に、さん付けで呼ばれたら、逆に落ち着かない気がする。

「じゃあ、小泉で」

「はい、そういうことで」

話が纏《まと》まったところで、二人は今度こそ水族館に向かったのだった。

プロジェクションマッピングで幻想的な雰囲気を演出しているゲートを抜けると、仄《ほの》かに青くライトアップされた薄暗い館内に入る。

休日ということもあり、学生カップルや親子づれの姿が目立った。

それなりに混雑している館内を、昂也は器用に人を避けて進んでいく。仄《ほの》青いフロアを、すいすい歩く姿は、まるで水の中を泳ぐ魚のようだ。

彼は興味を引かれる水槽を見つけると、ふと足を止めてじっとその中を覗《のぞ》き込む。

——なんか変な感じ。

水槽の明かりに照らされる昂也の横顔は、オフィスで見る彼よりも少しだけ若く見えた。

比奈の視線に気付いた昂也が、柔らかく微笑む。

そのリラックスした表情に、何故か比奈はホッと息を吐いた。

「ぶちょ……國原さんは、魚が好きなんですか？」

イルカの水槽の前で足を止めた時、思い切って昂也に聞いてみた。

比奈の問いに、昂也は穏やかな表情で頷く。

「そうだな。ただし、これは魚じゃないけど」

顎《あご》で軽く水槽を指し示して、昂也が笑う。

「確かに」

イルカは哺乳類だ。

比奈が唇を尖らせると、昂也が楽しそうに目を細めた。

何気なく彼の視線を追うと、数頭のイルカが仲良く戯《たわむ》れている。その無邪気な姿に比奈の表情も自然と綻《ほころ》んできた。

二人で水槽を眺めていると、同じタイミングで水槽の底を仰向けに泳ぐ一頭のイルカが目に入ってくる。そのイルカは、ドーナツのような空気の輪っかを数個作っては、勢いよく浮上してそのリングを壊していた。

昂也と二人で、しばらくその動きを目で追う。

「あれ、あのイルカのマイブームなんですかね？」

思わず呟いた比奈の言葉に、昂也が小さく噴き出した。

「そうらしいな」

比奈と昂也が見守る先で、イルカは空気の輪っかを作っては壊す動作を繰り返している。

会話もなく、ただ水槽を眺めている時間は不思議と心地よかった。

——部長は、こういう時間が好きなんだ。

ずっとアクティブに働く昂也の姿しか知らなかったから、穏やかな表情で水槽を見上げる彼を知って不思議な気分になる。

——恋人には、こういう表情見せてたのかな……

だとしたらなおさら、昂也にもっとこういう時間を持って欲しい。

「あっ」

不意に、二人の声が重なった。

「飽《あ》きた」

そう続けたのは比奈だ。

二人の視線の先でずっと同じ行動を繰り返していたイルカが、突如浮上し他のイルカと戯《たわむ》れ始めた。

その姿を目で追う比奈に、笑いながら昂也が言う。

「マイブームが去ったらしいな」

その口調が、なんとも穏やかだ。

昂也は他にもなにか楽しいことはないかと、水槽の中を覗《のぞ》き込んでいる。

その横顔が、いつもの彼とは違う人に見えた。

「退屈か？」

比奈の視線に気付いた昂也が、気まずそうな表情で問いかけてくる。

「いえ。楽しんでます」

比奈の答えに、昂也が安心したように息を吐く。

「そう。よかった」

昂也が一人で水族館に行くのは、自分だけの時間を大切にしたいからかもしれない。こんなにリラックスした昂也を見たら、惚れ直す女性はたくさんいるだろうに。

勿体ないと、比奈は肩をすくめる。

「どこか、お勧めの水族館とかありますか?」

昂也は、記憶を探るように一瞬視線を右上に走らせる。

「カリフォルニア科学アカデミーとモントレーベイ水族館は、特に見応《みごた》えがあるから、学生時代は暇を見つけてよく行ったよ」

「……そう……ですか」

さくっと海外の水族館の名前を返され、比奈は頬を痙攣《けいれん》させる。

比奈にとっては、学生時代の暇な時間はバイトをするためにあったし、海外も気軽に行く場所ではなかった。

「忙しくて全然来てなかったが、見てると飽《あ》きないな。こういうの、最近忘れていた」

その言葉が聞けただけでも、進歩だと思う。

話している間も、昂也の視線は水槽に向けられたままだ。

その横顔を見れば、彼が楽しんでいるのだとわかる。

「水族館のどういうところが好きなんですか?」

昂也の好みを理解するのにちょうどいいと質問する。昂也は、しばらく考えてから口を開いた。

「たぶん、必要以上に触れ合わなくていいところだろうな」

「……？」

——それは、どういう意味だろう。

想像していなかった答えに首をかしげると、昂也が補足する。

「水槽を隔てたくらいの距離感が、オレにはちょうどいいんだ」

そう答える昂也の視線の先では、イルカたちが楽しそうに泳いでいる。

——距離感……

水族館では、水槽の向こう側にいる生き物と、こちら側が触れ合うことはまずほとんどない。

別空間から、仲間と楽しそうに泳ぐ姿をただ見守るだけだ。

その言葉に、昂也の恋愛観の本質を見た気がする。

「國原さんは、恋愛相手に近付きすぎるのが怖いんですか？」

昂也の言う「上辺だけの恋愛ごっこ」とは、相手に深く踏み込まないということだろう。

「——っ」

昂也が弾かれたように比奈へ視線を向けてきた。

思いのほか過剰な反応に、比奈の方が戸惑ってしまう。

「なにか変なことを言いましたか？」

内心で焦る比奈に、昂也が目尻に皺《しわ》を寄せて小さく笑う。

「怖い……と表現するには、語弊がある。オレはそこまで純情じゃない。ただ踏み込みすぎた恋愛は、返すものが増えそうで面倒なだけだ」

「返すもの……？」

意味がわからないと首をかしげる比奈に、昂也が言う。

「オレと付き合う場合、相手に迷惑をかけることが多々ある。会う約束をしていても、基本仕事が優先だ。それに、将来は國原家の嫁という余計なオプションに惑わされて、色恋以外の面倒事や、本来なら不要のプレッシャーをかけることもある」

「ああ……」

面倒事というのは、きっと嫉妬からくる嫌がらせなども含まれるのだろう。

「だからオレには、後腐れのない戯《たわむ》れくらいの恋愛が楽でいいんだよ。その方がお互い、気が楽だ」

「昔の恋人に、迷惑をかけたことがあるんですか？」

「どうだろう……もう覚えてないよ。でも今の方が楽なのは確かだ」

昂也は、曖昧《あいまい》な笑みを添えて返す。

彼が恋愛に深い関係を求めないのは、昂也なりの相手に対する配慮なのかもしれない。

でも、そういう優しさのある人だからこそ、比奈は昂也に真剣な恋愛をして欲しいと思うのだ。

「……楽と好きは、違うと思います」

「楽が好きなんだよ」

昂也を思う比奈の言葉に、昂也が薄い笑みを浮かべる。

その口調がどこか投げやりに感じて、自分たちの間に水槽のような隔たりを感じてしまう。

——今まで気付かなかったけど……

彼はいつも上手に人をかわし、相手が深入りしてくることを避けている。

昂也は全てをそつなくこなすし、何事も基本一人で完結させられる。常に輪の中心にいるのに、一人なのだ。

それは優秀すぎるからこその、孤独かもしれない。

「それは、駄目ですよ」

見目麗《うるわ》しく國原家の王子様に生まれた昂也は、尊敬や愛情といった感情を周囲からたくさん注《そそ》がれていて、孤独を感じることはないだろう。

でも、自分から求めなければ幸せを見失ってしまうこともある。

比奈の頭に、嫌というほどよく知る人の顔が浮かぶ。

「駄目って言われても……」

どうしようもないだろうと、昂也が肩をすくめる。

「安易な楽を選んでいると、知らないうちに大事なものを失ってしまうこともあります。だから面倒でも、大事なものを求める気持ちを忘れないでください」

知らず知らずのうちに、声のトーンが真剣なものになっていたのだろう。

昂也が表情を改めて、比奈の様子を窺《うかが》ってきた。

「なんかやけに切実で、実例を知っているような言い方だな。小泉がオレの恋愛観に口を出してくるのは、それが原因か？」

「……っ」

そう言われてハッとする。

比奈の人生観に大きな影響を与えたという意味では、ある意味無関係ではないのかもしれない。だけど、今日の目的とはまったく関係のない話だ。

「んっ？」

昂也が首を傾け、比奈の返事を促《うなが》してくる。

「それは……」

自分も昂也に踏み込んだ質問をしたのだから、正直に答えなければフェアじゃないだろうか。

比奈が話すべきかどうか逡巡《しゅんじゅん》していると、イルカショーの開演が間近だとの館内放送が流れた。

するとそれを合図にしたように、昂也が表情を明るいものに変える。

「まあいいさ。せっかくだ、イルカショーでも見に行くか？」

追及されずに済んだのはありがたいが、その軽い口調に昂也のやる気のなさを感じてしまう。

「國原さん、恋愛について真剣に考える気ありますか？」

思わずそう確認してしまう比奈に、昂也が挑発的な笑みを浮かべる。

「それは小泉、お前の仕事だろ？」

「……そうでした」

「今からでも、辞退していいぞ」

昂也が面白そうに言う。

その言い方で、昂也は比奈が音《ね》を上げるのを待っているのだと確信する。

「そんな簡単に諦めませんよ」

比奈がムッとしながら返すと、昂也がやれやれといった感じで歩き出した。

「どこに行くんですか？」

「イルカショー。せっかく来たんだから、楽しんでおく」

慌てて追いかける比奈に、昂也が振り返りながら言う。

「……そうですね」

もとより、たった一日で昂也の考え方を変えられるとは思っていない。

それに今日は、昂也が休日を楽しむことを思い出してくれただけでも良しとしよう。

そう前向きに考えつつ、比奈は彼の後を追った。

◇◇◇

渋滞で進まない車のハンドルを握る昂也は、助手席の比奈の姿を確認して小さく笑った。

——おでこに跡が残るぞ。

水族館を満喫した後、書店が併設されたカフェで軽い食事を取り、そのままあれこれ本を物色しながら雑談をして過ごした。

水族館でも書店でも、興味の赴《おもむ》くままあれこれ散策していた比奈は、はしゃぎ疲れたのか帰りの車が走り出してすぐ居眠りを始めた。

小柄な比奈は、シートベルトに額《ひたい》を押し付けるような姿勢で眠り込んでいる。

姿勢を直してやった方がいいとは思うが、不用意に触れて彼女を起こすのも可哀想なので放置している。

比奈の寝顔を窺《うかが》っていた昂也は、自分の頬が自然と緩《ゆる》んでいたことに気付いた。

水族館に来たのも、目的もなく書店を散策したのも随分久しぶりだ。

――よく考えれば、ビジネス書以外の本を読んだのも久しぶりだな。

いつの間にか、すっかり比奈のペースに巻き込まれている。だが出かけてみて、今さらながらに仕事ばかりで水族館はおろか本屋に足を運ぶことすらなくなっていたことに気付いた。

昂也としては、それでもいいと思っていた。

若い頃はそれなりに自由にさせてもらったのだ。クニハラの経営陣として自分に求められているものがわかる年になってまで、気ままに過ごす必要はない。

未来の経営者として、学ぶべきことは山ほどある。限られた時間は有効活用するべきで遊んでいるヒマなどない。

正直に言えば、比奈にした「結婚したくなるような恋愛の楽しさを教えろ」という提案も、無理難題を押し付けることで彼女が匙《さじ》を投げるのを期待してのことだった。

それなのにいざ比奈と出かけてみると、思いの外それを楽しんでいる自分がいる。

そして昂也がくつろいだ表情を見せる度に比奈が安堵した表情を見せるので、自分が仕事に情熱を傾けすぎるあまり、部下に不要な気遣いをさせていたのではないかと申し訳ないという気持ちが生まれてきた。

——なんだか変な気分だが、これも小泉のなせる業《わざ》なんだろうな……

比奈には、仕事ができて年齢の割にしっかりしているという印象を持っていった。昂也が思うに、比奈はその場の空気を作るのが上手《うま》いのだ。いつもポジティブな雰囲気を醸《かも》し出し、周囲のやる気を引き出してくれる。

学歴や仕事の処理能力で考えれば、比奈より優れた存在は幾らでもいるだろう。だが、彼女の持つ雰囲気はもはや才能に近いものがあり、勉強や修練でどうにかなるものではなかった。

頼りになるアシスタント、それが自分の持っていた比奈のイメージだった。

それがどうだ——今日の彼女は、昂也のまったく知らない表情を見せてきた。

昂也は、ハンドルを握る自分の手に比奈の感触を思い出す。

バランスを崩した比奈を咄嗟《とっさ》に支えたことで、初めて彼女の体に触れた。

もちろん、女性を抱きしめることに不慣れなわけはないし、比奈が女性であることを忘れていたわけでもない。

ただ、いつも元気に動き回っている彼女の体が、驚くほど華奢《きゃしゃ》だったので戸惑ったのだ。

忙しくても常に体を鍛《きた》えている自分とは違い、簡単に壊れてしまいそうな華奢《きゃしゃ》な彼女に、これまで過重労働を強《し》いてきたのではないかと、急に不安になる。

比奈の言う、自分の結婚が部下の幸せに繋がるという話はまったく理解できないが、比奈を含む部下の業務量については見直した方がよさそうだ。

――オレは、補佐役である小泉を手放すつもりはないからな。

「本当に変な気分だ……」

職場を離れただけで、よく知っているはずの人間が別人に思えるのだから。

「……んっ」

昴也の呟きに反応してか、比奈が目を覚ました。

姿勢を直しながら、比奈がどこかぼんやりした声で謝ってくる。

「すみません」

「いや。考え事をするのにちょうどよかった」

そう返しつつチラリと視線を向けると、案《あん》の定《じょう》、まだ眠そうな目をしてる彼女の額《ひたい》は、シートベルトの形に赤くなっている。

気付かないふりで笑いを堪《こら》えていると、表情を改めた比奈がこちらへ身を乗り出してきた。

「今日はどうでした？」

「……まあ、いい気分転換にはなった」

仕事を離れ誰かと時間を共有するのも、確かに悪くないと思った。だが、それを素直に伝えると、また見合いだなんだと面倒なことになりそうなので黙っておく。

「そうですか」

比奈の声は、残念そうだ。しかし、すぐに気を取り直した様子で宣言される。

「気分転換になったならなによりです。それに、たった一日で部長の考えを変えられるとは思ってませんから！」

なかなかしぶとい、と昴也が密かにため息を吐く。

「小泉は、なんでそんなに恋愛や結婚を重視するんだ？」

『安易な楽を選んでいると、知らないうちに大事なものを失ってしまうこともあります』

水族館でそう言った時の比奈の様子に、なにかを感じたのは確かだ。

思い切って問いかけると、助手席に座る彼女が緊張する気配が伝わってきた。

チラリと視線を向けると、話すべきかどうか逡巡《しゅんじゅん》しているのがわかる。

「無理して答えなくていい。個人の事情に、必要以上に踏み込む気はない。それより……」

きっと話したくないことなのだろうと、昴也が話題を変えようとした。それを遮《さえぎ》るように、比奈が口を開いた。

「私の母は、酷く不幸な女だったんです」

「……？」

思いがけない内容に、昴也は驚きが隠せない。

平静を装《よそお》いながらも内心で焦る昂也に、比奈が静かな口調で問いかけてきた。

「部長は、その言葉を聞いて、どんな人を思い浮かべますか?」

まだ寝ぼけているからか、人目がないためか、比奈に役職名で呼ばれて変に距離を感じてしまう。

なんの問題もないはずなのに、その距離感に戸惑いながら、昂也は不幸という言葉から想像する人物像を挙げていく。だが比奈は、そのどれもに首を横に振った。

「母は、結婚適齢期だからという理由で父とお見合いして結婚しました。それを機に専業主婦になり、今もずっと専業主婦です。二人の子供は健康で、二人とも就職してます。本人も大病を患《わずら》うことなく健康で、父は寡黙な人ではありますが悪い人ではありません」

「……それのどこが不幸なんだ?」

よくわからないといった表情を見せる昂也に、比奈は微かに苦笑して続ける。

「私が子供の頃、母はよく、専業主婦は窮屈《きゅうくつ》で不幸だと嘆いていました」

バックミラーを確認すると、その頃のことを思い出しているのか、比奈は瞼《まぶた》を伏せている。無表情に淡々とした口調で、自分の母親について語り始めた。

「母はいつも不機嫌に、それでも専業主婦である自分の義務だからと、毎日家事をこなしていました。子供の頃の私は、そんな母に喜んで欲しくて、よくお手伝いをしてたんです。でもその度に、母は子供に手際の悪さを指摘される自分は不幸だと嘆きました」

「それは理不尽すぎるだろ」

目の前で母親が不幸を嘆くからこそ、比奈はなにかをしてあげたかったのだろう。それをそんなふうに言われては、子供はたまったものじゃない。

「大体、そこまで専業主婦が不満なら働けばいいだろ」

微かな憤《いきどお》りを感じて昂也が呟くと、比奈も頷いた。

「父もそう提案しました。ずっと家にいて窮屈《きゅうくつ》で不幸だと嘆くなら、外に出て働けばいいと。でも母は、『子供がいるから働けない』と、嘆きました。私も三つ上の兄も、家に親がいないからと問題を起こすようなタイプじゃないので、母が仕事に出ても心配はなかったと思います。なにより、働くことで母が不幸でなくなるなら、その方が私たちも嬉しかったし」

「……」

比奈の今の性格を考えれば、たとえ幼くて母親の不在が寂しくても、相手のためにそれを我慢するだろう。他人の昂也でも、それくらいは簡単に想像がつく。

「すると母は、私たちのせいで不幸にも働けないと主張しました。そんな母の姿に父が苛立ちを見せると、子供がいるからそんな父とも離婚できないと言うんです」

「それは……」

目に見える暴力ではないが、確実に子供の心を削《そ》ぐ刃《やいば》に違いない。

比奈は淡々とした口調で話しているが、話を聞いている昴也にも、彼女が経験してきた痛みが容易に癒《い》えるものではないとわかる。

「お母さんは、今は？」

その問いに、比奈は皮肉な笑みを漏らす。

「この年まで専業主婦できて、今さら働けるわけがない。長い間働くことができず、経済的に自立できない女になってしまった自分は不幸だと嘆きながら、父の給料で不幸を満喫しています」

運転の合間に隣を窺《うかが》うと、比奈は相変わらず無表情だった。でも膝の上で強く拳《こぶし》を握りしめている。

その拳《こぶし》を見れば、彼女の中で母親から受けた痛みが今も消化できていないのだとわかった。

手を伸ばし、色が変わるほど硬く握られた拳《こぶし》を解《ほど》いてやりたい衝動に駆られる。

「……っ」

かける言葉が見つからず無意識に眉を寄せる昴也に、比奈が薄く笑って言う。

「きっと母は、不幸でいることが心地いいんです」

「何故だ」

納得のいかない昴也に、比奈が答える。

「誰かのせいにして不幸でいることは、努力して幸せになることより楽だからです」

「……」

「どんな過酷な環境でも、幸せを見つけるのが上手《うま》い人はいます。そういう人たちは、幸せになるための努力を諦めません。でも私の母は、その努力をしたくないんです」

「ああ……」

——安易な楽を選んでいると、知らないうちに、というのは……

楽と好きは違うと発言した比奈に、なにかを感じたのは確かだ。それはおそらく、あの言葉に、彼女が育ってきた環境が透けて見えたからなのだろう。

今まで知ることのなかった比奈の別な一面に、少なからず衝撃を受ける。

「母親を、恨んでいるか？」

「いいえ。ただ私は、絶対にそちら側へは行かないと決めています。母を恨んだり、自分は親に恵まれなかった可哀想な子だと嘆いたりするエネルギーがあるなら、今を楽しむことに使います。全力で仕事も恋愛も楽しみます」

「……」

「そして母に、言い訳をしないで努力すれば、仕事と幸せな結婚は両立できると証明します」

静かだけれどハッキリとした口調で断言する比奈の姿に、彼女の強さを感じる。

まさか、常に明るく前向きで時に暴走する彼女の内側が、こんなにも複雑で静かに闘い続けていたなんて知らなかった。

「なんだか、重い話になってすみません」

「いや」

聞いたのは、昂也の方だ。

そして今まで、比奈が楽しそうに語る恋愛や結婚の話を、ただの幼い夢物語と決めつけていた自分を恥ずかしく思う。

信号で車が止まったタイミングで助手席へ視線を向けると、比奈が不器用に笑う。

強がって笑みを浮かべる彼女の手は、今もまだ固く握りしめられたままだ。

それを、酷くもどかしく感じた。

休日とはいえ、比奈は自分の大切な部下で、若い女性だ。

そんな相手に、たとえどんな理由があったとしても、不用意に触れてあらぬ誤解を招くのは避けるべきだろう。

——だけど……

昂也は苦く笑う。

安易に楽な方へと流されると、後で取り返しのつかないことになると教えられたばかりではないか。

それに、自分のためを思い、気分転換に連れ出してくれた比奈をこんな顔をさせたまま帰す気にはなれない。

「この後、まだ時間いいか?」

昂也が比奈に聞く。

「はい、大丈夫ですけど」

時間を確認して、不思議そうに比奈が答える。

帰りの車に乗り込んだ時は、このまま比奈を自宅に送って別れるつもりだったが、予定変更だ。

「じゃあ、せっかくだから夕食を食べて帰ろう」

そう話すが早いか、昂也は車を走行の妨《さまた》げにならない場所に停止させ、自分のスマホに登録してある店に電話をかけた。

格式が高く客を選ぶ店なので、本来、突然電話をしてその日に席を取れるようなところではないが、自分の名前を出せば多少の無理が通ることも承知している。

慣れた様子で自分の名を告げると、思ったとおり、席を用意させてもらうとの返事があった。ただ急のことなので、少し時間を置いてから来て欲しいとのことだ。

二人分の席を予約し電話を切った昂也は、チラリと比奈に視線を向ける。

キョトンとした表情で自分を見つめる比奈は、秋色を強く意識した、女の子らしいファッションに身を包んでいる。

――可愛いらしいとは思うが、物足りない。

昂也は悪戯《いたずら》っ子のような目で笑うと、もう一件電話をかけ、懇意にしているスタッフに店を開けておくように告げると再び車を発進させた。

◇　◇　◇

昂也に連れて来られたのは、ビストロ風一軒家のフレンチレストランだった。

バロック調を強く意識した内装は、柱に施《ほどこ》された装飾も美しく壮麗なものとなっている。ただ壮麗なだけの内装では気後れしそうだが、シャンデリアの明かりがほどよい影を落とす調度品は職人の温もりを感じられ、それが親しみを醸《かも》し出すよいアクセントとなっている。

仕事で昂也のお供をし、いわゆる高級レストランに行くことは度々ある。だが、そういった際に利用する店と、この店では大きく趣《おもむき》が違っていた。

気品と高級感を併せ持っているという点では同じなのだが、店内を満たす空気の穏やかさがまるで違っている。

いつになく打ち解けた昂也の表情からしても、ここは彼がビジネスでなく、くつろぐために利用している店なのだとわかった。

「なんか……」

視線を走らせ、店内の雰囲気を確認する比奈は、困り顔で昂也を見た。

「ん？」

昂也が視線で比奈に問いかける。

「私がここにいるの、場違いな気がします」

困り顔で肩をすくめる。それによって、自分が今、肩が大胆に広がったデザインのドレスを着ていることを再認識してしまう。

水族館の帰り、昂也の食事の誘いを承諾した比奈は、何故かドレスに着替えるハメになった。

気軽に入れる店を想像していた比奈に対し、昂也は食事をするには、まず店に合わせた服装に着替える必要があると言い出した。

もちろん比奈は、そこまでする店に行かなくても……と、意見した。

だけど、一度こうと決めてしまった昂也が比奈の意見を聞き入れてくれるはずもなく、レストランに来る前に昂也の馴染みのブティックに立ち寄ることになったのである。

御曹司である昂也の馴染みの店ということは、お洒落《しゃれ》で良質な商品を扱っている分、お値段もそれに見合った店ということだ。

店構えだけで、値札を見なくても自分に縁遠い店だとわかった。

比奈は密かに、サイズもデザインも関係なく、とにかく一番リーズナブルな服を選ぼうと決めた。なのに、昂也は自分が支払うからと、勝手にドレスを選んでしまったのだ。しかも、断る比奈の意見を無視して、パンプスやらイヤリングやらと小物まで揃えていく。

まったく値札を見ずに品物を選んでいく昂也に、「自分で払います」と押し切る勇気は、さすがになかった。

その結果、比奈は昂也が選んだ服と装飾品で身を包み、彼に連れて来られたレストランで向かい合っている。

「そうか？　服も似合っているし、髪もメイクも申し分ない。場違いということはないだろう」

水の入ったグラスを口へと運ぶ昂也が、軽い口調で返す。

服を着替える際、メイクとヘアセットも店の人がやり直してくれていた。

店の中で比奈の見た目が浮いているということはないが、自分が言いたいのはそういうことではないのだ。

確かに昂也には、仕事を忘れて誰かと過ごすこういった時間を持って欲しいと思っていた。

それはいいのだが、その相手を自分が務めていることが解《げ》せないのだ。

――変な感じ……

暖色系の照明のせいか、馴染みの店でくつろいでいるせいか、昴也からいつもとは異なる魅力を感じる。優しい雰囲気が滲《にじ》み出ていて、一緒にいるだけで穏やかな気分になる。

もちろん仕事をしている時も、昴也を冷たい人間だと思ったことはない。ただ今の彼と比べると、普段の昴也がどれだけ神経を張り詰めさせているのかがわかった。

「今日はどうしても、この店で食事がしたかったんだ」

昴也がそう話すタイミングで、前菜が運ばれてきた。

白い皿の上に盛られた彩《いろど》り鮮やかなテリーヌに、その美しさを引き立てるようなソースが添えられている芸術品のような一品だ。

美しい断面を見せるテリーヌからは、口にする前から作り手のこだわりが伝わってくる。

昴也が御曹司なのは承知しているが、食事をするだけで、一体幾ら使うつもりなのだ。

理解できないと呆れつつ、比奈もナイフとフォークを手にした。

海老と季節の野菜を彩《いろど》りよく固めたテリーヌを小さく切って口に運ぶと、食感がアクセントとなり絶妙なハーモニーを生み出す。

「美味《おい》しいっ！」

思わず声を漏らした比奈に、目の前の昂也がそっと息を吐く。

「よかった。オレが知る限り、東京近郊でこの店の料理が一番優しい味がするんだ」

「美味《おい》しい」ではなく「優しい」という言葉を使った昂也に、比奈が視線を向ける。

「特にスープが美味《うま》い。一口で幸せな気分にしてくれる」

「……そうなんですね」

「ああ。小泉に食べさせたくなった」

——そうか……

昂也は自分が食べたくてこの店を選んだのではなく、比奈のために選んでくれたのだと気付いた。

おそらく実家のことを話した比奈を気遣ってのことだろう。

——部長らしい……

比奈が実家のことを話したのは、昂也に安易な楽を選ぶことなく、恋愛や結婚と向き合って欲しかったからだ。

「すみません」

不要な気遣いをさせてしまったと、申し訳なさに眉尻を下げる比奈に、昂也がそっと首を横に振る。

「せっかくの休日。美味《おい》しいものを食べて、幸せな気分で終わりたいだけだ」

そう言って、昂也は食事を再開する。

可哀想だと甘やかしたり、距離を取ったりすることなく、こうして気遣ってくれる。そういう上司だから、比奈も彼に幸せになって欲しいと思うのだ。

「はい」

微笑んで、比奈も食事を再開する。

前菜が終わると、昂也が絶賛していたスープが運ばれてきた。

非常にシンプルな黄金色《こがね》の透き通ったスープを一匙《ひとさじ》口に運ぶ。次の瞬間、口の中に濃厚なコンソメの味が広がった。

雑味のない優しいコンソメの味が喉を通過すると、自然と頬が緩《ゆる》む。

「すごく美味《おい》しいです。國原さんの言うとおり、幸せな気分になります」

手放しにスープを称賛する比奈に、昂也が頷く。

「よかった。連れて来た甲斐があったよ」

穏やかな表情でスープを飲んでいた昂也が、突然、弾かれたように比奈を見た。

「……？」

「ああ……そういうことか」

不思議そうな顔をする比奈をよそに、昂也は一人でなにかを納得している様子だ。

何度か軽く頷いた昂也が、比奈をまっすぐ見つめてくる。その眼差しに、さっきまでなかった熱のようなものを感じる。

「どうしたんですか？」

「いや。小泉が、やたらとオレに『恋愛が人生を豊かにする』とか、『喜怒哀楽の感情を共有できる人がいる喜び』といった話をしていたことを思い出したんだ」

比奈としては、本気でそう思っているし、昴也にもそういう相手が現れて欲しいと願っている。

そんな比奈に、昴也が満足げに笑った。

「その気持ちが、今ならわかる」

「本当ですか!?」

ようやく自分の願いが昴也に通じたと、比奈が声を弾ませる。

が、すぐに上品なフレンチレストランにいることを思い出して、慌てて口を噤《つぐ》んで周囲を窺《うかが》う。そんな比奈を見てクスリと笑い、昴也はスープを一匙《ひとさじ》口に運んだ。

「そこでだが……小泉、オレと付き合わないか？」

「はい？」

なにを言われているのかわからず、比奈がキョトンとする。

「お前が、美味《おい》しそうにスープを飲んだのを見て嬉しくなった」

「はあ……」

「小泉が言いたかったのは、つまりこういうことだったんだろ？」

昂也は自信満々に胸を張るが、比奈にはまったく理解できない。

「なっ、なんでそうなるんですか？」

自分のプライベートを充実させるために、まずは昂也に恋愛の楽しさを理解してもらい、大切に思える人と結婚して欲しいと願い今日のプランを考えたのだ。

それは決して、近くにいる人間で手を打つことではない。

その辺を勘違いされては困ると抗議する比奈に、昂也が「真面目に考えた」と返す。

そしてその言葉どおり、真剣な表情で比奈をまっすぐに見つめて言う。

「今日一日一緒に過ごして、いろいろ考えさせられることがあったし、普段と違うお前の話をもっと聞きたいと思った。それに、小泉に少しでも幸せな気分を味わって欲しくて、この店を選んだ」

静かで心地よい昂也の声に、自然と聞き入ってしまう。比奈が見守る先で、昂也が優しい口調で続けた。

「誰かのためになにかをして、幸福な時間を分かち合いたいと思う気持ちが恋なのなら、オレは間違いなくお前に恋している」

熱い眼差しを比奈に向け、迷いのない口調で昂也が言った。

この視線の先にいるのが昂也ファンの女性社員なら、喜びのあまり卒倒したかもしれない。だが、幸いにも比奈には昂也のキラキラオーラに免疫がある。

そんな甘い囁《ささや》きに流されたりしませんと、厳しい口調で言い諭《さと》した。

「勘違いです。今日を特別に感じたのなら、それは働き過ぎで疲れていた國原さんが、久しぶりの休暇で思った以上にリフレッシュできたからでしょう。その相乗効果で、たまたま一緒にいた私の存在をそう錯覚しているだけです」

「オレはそこまで単純じゃない」

バカにするなと、昂也が眉をひそめる。

「いいえ、気のせいです。それに私自身が願っているのは、平凡で幸せな日常ですから」

もし昂也と付き合ったりすれば、丹野を始めとする熱狂的昂也ファンから恨まれ、嫌がらせがヒートアップするのが目に見えている。

そんな状況は、比奈の望むものではない。

それに昂也は、自分の上司だ。

普段からできるだけ仕事とプライベートを分けるよう心掛けているのに、昂也と付き合うようなことになれば、これ以上なく公私が入り交じることになってしまう。

断固拒否の姿勢を見せる比奈に、昂也が不敵な笑みを浮かべた。

「悪いが、オレはお前がいい。恋愛をするなら、お前とすると決めた」

そう宣言する昂也は、熱のこもった強い視線を比奈に向ける。

その眼差しを、比奈はよく知っていた。

どんな困難に直面しても、自分の意志を曲げることなく強気で交渉する時の眼差しだ。

それを自分に向けられて、つい怯《ひる》んでしまう。

「困ります。冗談はやめてください、迷惑です」

――隙を見せたら付け込まれる！

昂也を知っているからこそ、交渉の余地を与えることなく断固拒否の姿勢を貫かねばならない。

そんな比奈を、昂也は鼻先で笑い首を横に振る。

「冗談で部下を口説《くど》くか。オレに誰かと恋愛しろ、結婚しろと言うなら、覚悟を決めてお前がオレと付き合え」

「あり得ないですっ！」

咄嗟《とっさ》に返した声は、もはや悲鳴に近い。

しかし、涼しい顔でグラスを傾ける昂也に、強気な表情で「諦めろ」と宣告されるのだった。

4　恋人までの距離感

「比奈、なにしてるの？」

社内のフリースペースで仕事をしていた比奈は、背後からかけられた声にビクリと肩を跳ねさせた。

そして、自分の背後に立つ人物を確認してホッと息を漏らす。

「ああ、涼子か……」

気心の知れた同期の姿に胸を撫で下ろす。

わかりやすく安堵の表情を見せる比奈に、涼子は怪訝《けげん》な表情を浮かべながら隣の椅子に腰掛けた。

「なんでこんなところで仕事してるの？」

比奈の手元に広がる書類に視線を向け、涼子が一段と怪訝《けげん》な表情になる。

クニハラの社屋には所々フリースペースが設《もう》けられていて、気分転換にここで仕事をする社員もいる。ただ普段の比奈はフリースペースで仕事をする習慣はない。

「えっと……」

「人に見られて困る機密事項なら、こんな場所じゃなくて会議室使いなさいよ」

彼女が陣取っている席は、人通りが少なく日の当たらない壁に面したカウンター席だ。

内容を見ないよう机に広がった書類を裏返しつつ、涼子が言う。

「大丈夫。人に見られて困る書類じゃないよ」

そう言いつつ、裏返した状態で書類を纏《まと》める比奈は、涼子の気遣いにお礼を言った。

「じゃあ、なんでこんなところで仕事してるの？」

「……ちょっと、國原部長と離れたくて」

苦笑いをする比奈に、涼子がいよいよ怪訝《けげん》な顔をする。

「なにか派手な失敗でもしたの？」

比奈は緩《ゆる》く首を横に振る。

それに、昂也は部下の失敗を根に持つタイプじゃない。

「ただなんていうか……居心地が悪くて？」

裏返した書類の枚数を確認しながら、どこまで話していいものかと考えた。

水族館の帰りに告白してきた昂也は、その後、ことあるごとに比奈にアプローチしてくる。

もちろん昂也とて公私の区別はつけているから、仕事中に比奈の手を取り、熱い言葉で口説《くど》いてくるわけじゃない。

ただ昂也は、クニハラの王子様なのだ。

昂也の熱狂的なファンは、彼の些細《ささい》な変化を見逃さない。

彼の比奈に向ける視線や距離感の違いに即座に気付き、敏感な反応を示してきた。

敏感な反応とは、昂也が比奈に話しかけてくる度に睨《にら》みつけられたり、二人の会話になにか男女の仲を感じさせる特別なものはないかと聞き耳を立てられたりだ。

そしてその反応は、比奈が一人で仕事をしている時も続くのだから堪《たま》らない。

――席で仕事がしにくいったら。

常に視線を向けられることに慣れている昂也は気にならないのだろうけど、比奈は違う。

緊張で普段ならあり得ない失敗をしてしまい、それを見た昂也ファンからは、これみよがしに嘲《あざけ》りの視線を向けられる。それで緊張して、また空回《からまわ》りしてしまう。

悪循環極まりない。

その負のスパイラルから抜け出すために、比奈は人目につかない場所で仕事をしていた。

「なんて言うか……」

どう説明しようか言葉を探していると、涼子の方から問いかけられた。

「比奈さぁ、國原部長狙ってるの？」

「はっ!?　ああっ！」

素《す》っ頓狂《とんきょう》な声を上げたのと同時に、揃えたばかりの書類が床に散乱する。

「ちょっと、なにやってるの」

——涼子こそ、いきなりなにを言い出すのだ。

そう心でぼやきつつ、比奈は急いで椅子から下りて書類を集める。涼子も椅子を下り、比奈を手伝ってくれた。

「ありがとう」

涼子から拾った書類を差し出され、比奈はお礼を言ってそれを受け取ろうとした。

しかし、涼子が書類から手を離さないため、互いに書類を持ったまま見つめ合う形になる。

「専務秘書の丹野が、『小泉さんが仕事にかこつけて國原部長に猛アピールしてる』『部長は誰にでも優しいから、騙《だま》されないか心配』って、騒いでるわよ」

「……なっ、それは」

比奈は、咄嗟《とっさ》に反論しようとして言い淀《よど》む。その様子を見た涼子がため息を吐く。

「その反応、丹野の話に思い当たるところはあるの？」

「まあ……」

比奈がげんなりした顔で頷くと、涼子が書類から指を離した。

「アイツ、私にも比奈は恋人がいるのに、部長を誘惑するような女だから付き合いを考えた方がいいって忠告してきたわよ」

「なにそれ……」

比奈のことが気に入らないのだとしても、それを涼子に言う理由がわからない。

新たな事実に衝撃を受ける比奈の手から、拾ったばかりの書類がヒラヒラと床へ落ちる。

それを涼子が拾ってくれた。

「察するに、仲のいい私に比奈を軽蔑させて、アンタを孤立させようってとこじゃない？　後は、周囲の女子を煽《あお》って、自分の手を汚さず比奈を傷付けさせるのが狙いでしょ」

「ああ……」

比奈の周囲にいる昂也ファンの過剰反応は、昂也の態度のせいだけではなかったらしい。

「腹黒いくせに、自分だけ綺麗な場所にいたがる女って最低」

涼子が、顔を顰《しか》めて舌を出す。

涼子の様子から、よほど悪意に満ちた話を聞かされたのだろう。

「……」

昂也と関わっていると、常にそういうリスクはあった。

だから今までは適切な距離を保ち、極力ファンを刺激しないよう努めてきたのに……と、比奈はため息を吐く。

それにしても、どうして丹野は、比奈が涼子と仲がいいことや、彼氏がいることを知っていたんだろう。

――まあ、彼氏とはもう別れたけど……

涼子とはよくつるんでいるし、昼休みに一緒にランチに行くこともある。それを偶然見かけたという可能性はある。でも丹野が、そんなに嫌いな比奈の情報をいろいろ知っているのも、よく考えれば変じゃないか。

その疑問を口にすると、涼子が肩をすくめた。

「彼女、國原部長の周りにいる女は全て敵だと思ってるから、いざという時の攻撃材料にするつもりだったんじゃない？」

くだらないと、涼子が吐き捨てる。

比奈も同感だ。

丹野は昂也と仕事で関わる女性全てに、そうやって常に目を光らせているのだろうか。昂也の補佐というだけで、親しくもない丹野にあることないこと噂され、友人に悪意ある忠告までされるなんて、さすがに気味が悪い。

「迷惑かけてごめん」

無関係な涼子に迷惑をかけてしまったことを落ち込む比奈に、涼子が首を横に振る。

「アンタが悪いわけじゃないでしょ」

「でも……」

そこで涼子が、比奈を励《はげ》ますように話題を変えた。

「いい色のネイルね」

比奈の指先は、以前昂也に褒《ほ》められた秋色のネイルで彩《いろど》られている。

元カレとの最後のデートから、ゆうに一ヶ月以上の時が過ぎ、ネイルは季節に合った色となっている。

その間にいろいろあったのだが、とりあえず恋人と別れたことだけ報告し、それ以外のことは改めて話すことにした。

近々飲む約束をした涼子は、散らばった書類を集めて立ち上がる。

「まあ、嫉妬に狂った丹野に刺されないよう気を付けなさいね」

「やめてよ」

しゃがんだままの比奈が、頬を引き攣《つ》らせる。

心底嫌そうな顔をする比奈を残して、涼子はその場を離れていく。

しゃがんだまま書類の枚数を確認する比奈は、重い息を吐いた。

もちろん丹野の性格にも問題はあるのだろうが、昂也の存在はそれほどまでに相手をのめり込ませる魅力があるのだ。

強いカリスマ性は、企業のトップに立つ者には欠かせない資質だけど、その魅力が女性に作用しすぎると毒となることもある。

「さて……」

やっぱり、この状況は仕事をする上で望ましくない。

比奈は、床に手をついて立ち上がる。

我が身の安全のためにも、一刻も早く昂也との関係を水族館に行く以前の状態に戻すべきだ。

そのためには、どうすればいいのだろう。

比奈が思うに、昂也は彼女の家庭環境の話を聞いて同情したのだ。

もしくは、自分と付き合うことで、専務がしばらく見合い云々《うんぬん》と言い出さないようにする狙いがあるのかもしれない。

――どちらにしても、迷惑千万《めいわくせんばん》。

状況の打開策を考えていると、カウンター席の上に置いておいた比奈のスマホが震えた。

見ると昂也からの着信だ。

「小泉です」

「どこにいる?」

問いかけてくる昂也の声に、緊張とは違うなにかを感じる。

「フリースペースで仕事をしてました」

比奈の返答に、電話の向こうで昂也がため息を吐く気配がした。

ここしばらく彼を避けている自覚のある比奈は、つい言い訳するように「ちゃんと仕事はしてます」と、付け加える。

それを聞いた昂也が、またため息を吐いた。

小言を覚悟しつつ次の言葉を待っていると、短い沈黙の後に昂也が口を開いた。

「出かけるから、荷物を纏《まと》めて今すぐ駐車場に来い」

「えっ……でも」

「今すぐだっ」

苛立ちを含んだ声でそう告げられ、昂也の電話は一方的に切れてしまった。

「……っ」

それでも上司に呼び出された以上、無視するわけにはいかない。

比奈は書類を抱え、急いで部署に戻るのだった。

◇　◇　◇

比奈が駐車場に着いた時、既に昂也は車の運転席でカーナビを操作していた。

窓ガラスをノックすると、顎《あご》の動きで車に乗るよう合図してくる。

どことなく怒っていそうな雰囲気に、比奈は黙って助手席に乗り込む。

「どこに行くんですか？」

ナビを操作する昂也に、おずおずと尋ねる。

「神奈川の工場。一人会っておきたい人間がいるから、同行してくれ。その後、もう一ヶ所付き合って欲しい場所がある……」

そう言って、昂也は神奈川県にある街の名前を口にした。

「そこって……」

聞き覚えのある街の名前に戸惑いを見せる比奈に、昂也が言う。

「小泉の出身地……だろ？」

「仕事ですか？」

販売店くらいはあるが、あの街にクニハラの関連企業はないはずだ。

嫌な予感を抱く比奈に、昂也が不機嫌な調子で答える。

「お前の親に挨拶《あいさつ》に行く」

「はいっ？」

比奈がなにか言うより早く、昂也が車を発進させた。

若干乱暴に発進した車は、駐車場を抜け一般道に出るとスムーズに流れに合わせて進んでいく。

「仕事中になに考えてるんですかっ！」

走り出す際の勢いに驚きシートに体を沈めていた比奈が、走りが安定したところで抗議する。

「お前の実家に着く頃には、業務時間外になってるから安心しろ。出先から直帰する連絡はしてきた」

「……」

勝手になにをしてくれているのだと文句を言うより早く、昴也が続ける。

「お前の母親が入院するそうだ」

「──っ！」

思いがけない言葉に、比奈が言葉を失う。でもすぐに、疑問が湧き上がる。

「どうして、部長がそんなことを知っているんですか？」

「本人から直接、会社に電話があった。小泉の姿が見えなかったから、上司のオレが対応に出たら、お前に電話を無視されると嘆かれた」

嘆かれたという言葉で、母親がどんな話し方をしたのか容易に見当が付く。

確かに数日前、比奈のスマホに母親から短い着信があったが、仕事中で出られなかった。

同時に、会社勤めをしている娘に何故平日の昼間に電話をしてくるのだという苛立《わずら》ちと、話したところでまた不幸自慢をされるだけだという思いから、かけ直すのが煩わしくて放置してしまった。

それに、着信があったのは一度きりで、それ以降なんの連絡もなかったので、特に急ぎの用事ではなかったのだろうと思っていた。

確かにかけ直さなかったのはこちらのせいだが、何回か着信を残すなりメールで知らせるなりしてくれれば、比奈だってちゃんと折り返しの連絡をしたはずだ。

なのに、一度着信を無視しただけで、会社に電話をしてくるなんて非常識だ。

苛立ちを押し殺す比奈に、昂也が静かに言う。

「手術するそうだ」

「手術……」

その言葉に、さすがに緊張が走る。

比奈の怒りがクールダウンするのを確認して、昂也が続ける。

「といっても、白内障《はくないしょう》の簡単な手術だそうだ。ただ、念のために大きな病院で手術を受けることにしたから、手術内容に関係なく入院の保証人が必要らしい。それで今日のうちに、同一世帯外の保証人のサインと印が欲しいそうだ」

それならなおのこと、事前にきちんと連絡をしてくれれば、比奈だって対応できた。

だが、母がそうしない理由はわかっている。

ギリギリまで、誰にも保証人のサインをもらえない可哀想な自分を味わいたいからだ。

そして、すぐに電話をかけ直してこなかった比奈に気まずい思いをさせて、可哀想な自分を放置するとどうなるか比奈に思い知らせる意味もあったのだろう。

だとしても、昂也の手を煩《わずら》わせるようなことではない。

「ご迷惑をおかけしました」

強く拳《こぶし》を握って怒りを堪《こら》えながら、比奈が昂也に頭を下げる。

「でも、これは私の家の問題なので、部長にお付き合いいただく必要はありません」

状況がわからないまま車に乗り込んでしまったが、そういうことなら工場での面談の帰りに最寄り駅で降ろしてくれれば自力で行く。

「断る」

昂也は、前を向いたままさらりと返してくる。

ムッとする比奈に、昂也が表情を真剣なものに変えた。

「この状況は、小泉がオレを避けて逃げ回っていた結果だ。小泉がオフィスで仕事をしていれば、お前宛の電話にオレが出ることはなかったんだからな。自業自得《じごうじとく》と思って黙って送らせろ」

昂也の言い分には一理ある。

それでも、どうにかして諦めてもらえないだろうかと頭を働かせる比奈に、駄目押しとばかりに昂也が言った。

「大体、考えてもみろ。電話の対応をしたのが、たまたまお前の家の事情を知るオレだったからよかったが、他の誰かが対応してたら、気まずい思いをするのは小泉自身なんだぞ」

「確かに、そうです……」

そういう意味では、昂也が対応してくれたことに感謝すべきだろう。だからといって、実家に付いてこられるのは違うと思う。

「迷惑か？」

「……」

迷惑です。と、はっきり答えてしまってもいいのだろうか。

躊躇《ためら》う比奈に、昂也がからかうような笑みを浮かべた。

「ちなみにオレは、お前に勝手に見合いをセッティングされて大いに迷惑した」

「……すみません」

その件に関しては、重々反省している。

見合い相手である寿々花にも、後日改めて謝罪しに行った。

彼女は、反省する比奈に「自分みたいなガリ勉数学オタクの冴えない女、普通にしていたら國原さんと話す機会なんてなかった。だから彼と二人っきりで食事できただけでも、感謝しておくわ」と言って、許してくれた。

それを思い出して気まずい顔をする比奈に、昂也が続ける。

「あの時、お前はオレへの嫌がらせのために、あんなことをしたのか？」

「違います」

自分のプライベートを充実させるという目的はあったが、あれは本当に昂也の幸せを願ってしたことだ。

即答する比奈に、昂也が笑う。

「わかってる。あれは小泉なりの、オレに対する気遣いだった。お前がオレのことを考えて起こした行動を、どう捉《とら》えるかはオレの問題だ。オレが迷惑と思えば、それで終わる。だけどオレは、お前と一緒にいる時間を増やしてみた結果、いろいろなことに気付くことができた。そして、お前を好きだと思うに至ったわけだ」

黙ってじっと話を聞く比奈に、昂也が続ける。

「誰かの行為をどう受け止めるかは、結局のところ本人の自由だ。オレの行為をどう受け止めるかも、小泉が決めればいい。だけどオレは、オレなりに小泉のことを思っているつもりだ」

何気ない口調で話す昂也が不意に表情を改めた。

「……ただ一つだけ、厳しいことを言わせてもらいたい」

「……？」

「オレは小泉の話を聞いて、いろいろと考える機会をもらった。だから小泉も、自分のために今を生きろ」

「はい？」

一瞬、なにを言われたのかわからなかった。

自分はちゃんと、今を生きている。今を楽しむために、仕事もプライベートも全力で頑張っているではないか。

それは上司である昂也も、よく知っているはずだ。

キョトンとする比奈に、昂也は諭《さと》すような優しい口調で言う。

「お前の人生は、お前のものだ。母親のようにはならないと意識しすぎると、今を楽しむフリをしているだけになるぞ」

「――っ！」

「その考えに囚《とら》われすぎれば、本当の意味でお前の人生ではなくなってしまう」

――そんなこと、今まで考えたこともなかった。

でも、もしかしてという不安が湧き上がってくる。

比奈が言葉を失っていると、運転席の昂也が優しく笑った。

「一人で闘う必要はないが、面倒事から逃げるな。面倒だからといって問題を先送りにすると、大抵事態は悪化する」

それは仕事の際に、昂也がよく言う台詞《せりふ》だった。

部下が面倒な案件を先送りにしていると、必ずそう叱る。そして叱った後は、決まって問題解決の手助けをしてくれるのだ。

「……はい」

たぶん昂也は、恋愛感情を抜きにしても、比奈に対して同じような助言をしただろう。昂也とはそういう人だ。

目の前の問題から逃げない彼は、部下が逃げることも許さない。

その代わり、絶対に部下を見捨てることもなかった。

そういう人だからこそ、比奈は彼にも幸せになって欲しいと思ったのだ。

結果は、比奈が予想もしていなかった方に動いたが……

彼のことを思ってした比奈の行動を、昂也は頭ごなしに否定しなかった。それと同じように、自分も彼の今の言葉や、この前のことについてきちんと考えるべきだろう。

確かに昂也の言うとおり、逃げていてもろくなことにはならない。

比奈は覚悟を決めて昂也を見つめた。

「ん……？」

なにかを感じたのだろう。昂也がチラッと視線を向けてくる。

「私は、これから先も部長の部下でいたいです」

「オレも小泉を手放す気はない」

 こともなげに返す昴也に、比奈はそうじゃないのだと首を振る。

「部長の下で働くことと、付き合うことは違います。私は、公私混同したくありません。それに今の状況は、平凡で幸せな家庭を作るという私の夢から遠ざかっています」

理想的な上司のもとでやりがいのある仕事をし、同時にプライベートも楽しむのが比奈にとっての理想なのだ。

それは譲れないのだと主張する比奈に、昴也がため息を吐く。

「じゃあ、オレがクニハラを辞めれば、お前はオレと付き合うのか？」

「そんなこと、できるわけないじゃないですか！」

彼は押しも押されもせぬクニハラの未来の社長なのだ、そんなことできるわけがない。

それなのに、昴也はこともなげに「構わん」と返してくる。

「構わんって……」

「國原の家に生まれ、それを背負う才覚が備わっていると思ったから会社に身を捧げてきたが、人生に必要だと思うものを諦めてまでそうする義理はない。お前の上司か恋人のどちらかしか選べないというなら、オレは別に会社を捨てたって構わない」

「ダメですっ！」

彼が背負っているものは、自分との恋愛などのために捨てていいようなものじゃない。

焦る比奈を横目で見て、昴也が笑った。

「そうか、残念だ。全てを捨てる覚悟を示せば、惚れてくれると思ったんだが」

「そんなに子供じゃないです」

君のために全てを捨てる――なんて言葉で舞い上がるのは、相手の背負うべき社会的責任に考えが及ばない子供だけだ。この年でそんなこと言われても、その無責任な一言でどれだけの人に迷惑がかかるのだろうと焦ってしまう。

比奈の言葉にクスクス笑う昂也も、そのことは重々承知しているはずだ。

「オレも子供じゃない。自分がなにを背負っているかわかっているからこそ、これまで楽な恋愛しかしないようにしてきた。でもその生き方を否定し、オレに恋愛をしろと迫ったのは小泉だろ？」

「た、確かにそうですけど……部長には、私よりもっと相応《ふさわ》しい人がいると思います」

昂也のためなら、苦労をいとわないという女性は幾らでもいるはずだ。

「他はいらない」

昂也が断言する。

「だから……っ」

比奈が抗議しようとすると、左手をヒラヒラさせた昂也に言葉を遮《さえぎ》られた。

「オレは小泉がいいんだ。見合いが面倒になって小泉を口説《くど》いたわけじゃない。やるべき仕事は常にある。退屈はしてないし孤独でもない。相手がお前じゃないなら必要ない。

気長に口説《くど》かせてもらうから、返事は急がなくていい」

猪突猛進《ちょとつもうしん》。一度決めたら決して迷わない昂也の姿は、いつも比奈の仕事の原動力になっている。だが、今回に限っては非常にやっかいだ。

長所は短所、そう実感しつつ答える。

「返事……今したつもりですが」

昂也に指摘されたとおり面倒事を先送りにしないよう、ちゃんと気持ちを伝えた。

そう伝える比奈に、昂也が肩をすくめる。

「オレには、いい上司のもとで働けて幸せだと褒《ほ》められたように聞こえたが？　答えは、イエスかノーで返せ」

「じゃあ、ノーです」

「却下だ。もう少し時間をやるから、考え直せ」

「……」

それではどのみち断れないではないか。

比奈が眉を寄せると、それを横目で窺《うかが》っていた昂也が楽しそうに笑う。

「オレは自分で言ったことは諦めないし、気長な交渉にも慣れている。小泉が諦めた方が早いと思うぞ」

昂也という人間を知っているだけに、まったく洒落《しゃれ》にならない。

ハンドルを握る昂也は、悩む比奈の姿が面白いらしくずっと笑っていた。

◇　◇　◇

本来の目的である工場での面談を済ませ、比奈の実家に到着する頃には、昂也の読みどおり終業時刻を過ぎていた。

実家の前に昂也と並んで立つ比奈は、大きく深呼吸をした。

大学に進学して家を出てから、あまり帰ってこなくなった。その後、就職し昂也の下で働くようになってからは、仕事が忙しくなったこともありまったく帰ってなかった。

久しぶりに家に戻るだけでも緊張するのに、隣には昂也までいる。

「入らないのか？」

マンションのドアの前で立ちすくむ比奈に、昂也が尋ねる。

「あの……やっぱり車でお待ちいただいてもいいですか？」

この台詞《せりふ》は、車を駐車場に停めた時にも言った。

というか、ここに来るまでにも再三提案している。それなのに昂也は、一緒に行くと言って譲らないのだ。

それで仕方なくここまで一緒に来てしまったが、できれば今からでも車に引き返していただきたい。

「オレも、お前の母親に会う約束をしてる」

だから車で待機する気はないと昂也が顎《あご》を動かし、比奈にインターフォンを鳴らすよう催促《さいそく》する。

「どういうことですか？」

比奈がいない間に、二人は一体どんな話をしたというのだ。

「まどろっこしい」

「あっ」

躊躇《ためら》う比奈に構うことなく、昂也がインターフォンを押した。

その上、焦る比奈を無視して、昂也はインターフォンのマイク越しに挨拶《あいさつ》をし、さっさと自分の名前を告げてしまう。

それからすぐに、玄関のドアが開いた。

「ああ、お久しぶり」

ドアを開け、比奈の顔を見た母は、恨みがましい視線を向けてくる。でも、比奈のかたわらに立つ昂也に気付くと、微かに驚きの表情を見せた。

「電話でお話しさせていただいた國原です」

「比奈の母の敏子《としこ》です。まさかこんなにお若い方だとは……」

穏やかに挨拶《あいさつ》をする昂也に、敏子は照れた様子で頭を下げ、二人を中へと招き入れる。

部長という肩書きから、昂也をもっと年配だと思っていたのだろう。思っていたよりずっと若くて美しい上司の姿に戸惑っているようだ。

「この子、会社のことをなにも話してくれないものだから、すみません」

細い廊下の先頭を歩く敏子が、比奈に文句を言う。

——なにも話してくれない……

その言葉に比奈がため息を漏らす。

就職した初めの頃は、比奈も職場のことなどを報告していた。でも比奈の話を聞いた敏子は必ず、「気楽でいいわね」「私は苦労して貴女を育てたのに」と、恨み事を言ってきた。

そうして、今の比奈は、敏子の人生の犠牲の上に成り立っているのだと延々と主張してくるので、そのうちなにも話さなくなったのだ。

比奈には比奈の言い分があるのだが、彼女はこちらの話に耳を傾けることなく、自分以外の誰かを悪者にする。

相変わらずな母に苛立ちを感じつつリビングに入った。

いそいそとキッチンに向かう敏子を、比奈と並んでソファーに腰を下ろした昂也が引き留める。

「用件を済ませたら、すぐに戻りますので」

「……」

残念そうな顔をする敏子に、昂也が「お気遣いなく」と爽《さわ》やかに微笑む。

「わかりました」

仕方ないといった様子で敏子はリビングを出ていった。

足音から、寝室に向かったのだろうと推測していると、昂也のスマホが鳴る。

「親父の秘書からだ……」

昂也がベランダに出ていいか確認してきたので頷く。彼はそのままベランダへと出ていった。

専務の秘書ということは、丹野からの電話だ。

昂也が顔を合わせると話が長くなるからと、比奈に専務へのお使いを頼むのと同じように、専務が丹野にお使いを頼むことはままある。

だが、涼子の話を聞いたせいか、見張られているようで嫌な気分になった。

「部長さんは？」

その時、総合病院の名前の入った封筒を手に、リビングへ戻って来た敏子が尋ねる。

「ベランダで仕事の電話をしてる」

比奈がそう答えると、向かいのソファーに腰を下ろした敏子が小さく文句を言ってきた。

「あんな若い人を連れてくるなら、事前に説明しなさいよ。親に恥をかかせて、なにが楽しいの」

敏子が尖った声で比奈をなじる。

「なにそれ……」

詳しい内容は聞かされてないが、突然会社に電話をしてきた上、勝手に比奈の上司を家に呼ぶ約束をしたのは敏子だ。昂也の年齢にかかわらず、それがどれだけ比奈に恥をかかせることかわからないのだろうか。

敏子は自分が傷付くことには敏感だが、自分の言動が人を傷付けることには酷く鈍感だ。

きっと、嫌な思いをさせることで、自分を無視するとどうなるか思い知らせたいのだろう。

――昔からそうだ。

彼がクニハラの御曹司だと知れば、おそらくもっと強く比奈をなじっていたことだろう。

「相変わらず、思いやりのない子ね」

もっと優しい子を産んでいれば、人生も違っていただろう……と、敏子が我が身を嘆いているところで、ベランダから昂也が戻って来た。

「専務が、居場所を確認したかったらしい。近くにいないならいいそうだ」

手短に丹野の用件を説明する昂也が、敏子に視線を向ける。

「では書類を」

昂也がそう切り出すと、敏子が書類を比奈ではなく昂也に差し出した。

「えっ？」

驚く比奈をよそに、昂也は封筒から書類を取り出し内容の確認をする。

「ここと、ここに署名捺印をすればいいんですね」

そう言いながら、昂也は胸ポケットから万年筆を取り出し、自分の名前を記入していく。

「あの、部長……」

戸惑う比奈に、敏子が悪意を含んだ視線を向けてきた。

「アンタが私の電話を無視するって言ったら、部長さんが代わりにサインしてくれると言ってくれたのよ。世帯が別なら、血縁者じゃなくても問題ないから」

――冗談じゃない。

「私がサインするので、やめてくださいっ！」

昂也が署名している書類は、もし敏子が入院費用を払えなかった場合、代わりに費用を支払うことを約束する内容のものだ。

万が一にも不払いになる心配はないが、それでも上司である昂也にサインを代行させるようなものではない。

焦る比奈を、敏子が「電話に出なかったアンタが悪いんでしょ」と、叱る。

それだけでなく、就職を機にめったに家に帰らなくなった兄のことも非難し始める。

男女差で程度の違いはあるだろうが、兄も比奈同様に家で息苦しさを感じていたのを知っていた。

自分のことしか見えていない敏子の言葉に、怒りで全身の血が湧き上がるのを感じる。

「……っ」

強く拳《こぶし》を握り、怒りを堪《こら》える比奈の横で、昂也は淡々と万年筆を走らせ鞄《かばん》から取り出した判子《はんこ》で捺印を済ませた。

「これで用は済みましたか？　問題ないようでしたら、小泉を連れて戻りたいのですが？」

「え、ええ……」

穏やかだが、有無を言わせない昂也の口調に、気圧された様子で敏子が頷く。

すると昂也は比奈の腕を掴んで立ち上がらせると、そのままリビングを出て行こうとする。

「あの……っ」

そんな昂也に、慌てて玄関まで追いかけてきた敏子が声をかけてきた。

振り返った昂也が、そっと唇に指を添える。

その魅力的な彼の仕草に敏子は見惚れているが、昂也をよく知る比奈には、彼が静かに怒っているのが伝わってきた。

「正直に言わせていただくと、電話で話を聞いた時、私は貴女の言う娘さんが、自分の部下の小泉と同一人物なのか半信半疑でした」

靴を履きながら、昂也は怒りを含んだ声で言う。そして、冷めた視線を敏子に向けた。

「そして、この家での二人の姿を見て、私の知る小泉と貴女の言う娘さんは別人なのだと確信しました」

「はい……？」

敏子が怪訝《けげん》そうに眉を寄せる。比奈も、昂也の言わんとすることがわからない。

そんな二人に向かって、昂也が強い口調で言った。

「私の知る小泉は、仕事熱心で、明るく前向きで思いやりのある優しい女性です。貴女が言うような、配慮の欠片《かけら》もない、冷たい女性ではありません」

「この子、外面《そとづら》ばかりいいんですよ。家族には冷たくて、こうやって書類のサイン一つしてくれない……」

口元を手で覆《おお》いながら敏子が取り繕《つくろ》う。そうしつつ、比奈に非難がましい視線を向けてきた。

彼女の目に、自分はどれほどの悪人として映っているのだろうかと悲しくなる。

口を噤《つぐ》み俯《うつむ》く比奈をよそに、ぐずぐずと恨み言を言い募《つの》ろうとする敏子の言葉を遮《さえぎ》り、昂也が提案する。

「ではいっそのこと、他人になってはどうです？」

「……えっ？」

「そんな冷たい娘さんに、無理して関わる必要はないでしょう？　必要なら、今後こういった事務的な業務は私が代行してさしあげます。用がある際には、書類に書いた私の番号にご連絡ください」

「な……っ」

なにか言い返す言葉を探す敏子に、昂也が腰を折り深々と頭を下げた。

「勝手な発言になりますが、貴女と関わると、彼女は私の知る小泉ではなくなるようだ。しかもそんな彼女を、親である貴女も愛していない。私にはそれが許せません」

姿勢を戻した昂也が、敏子を見据えて静かに続けた。

「ここにいる小泉はよく似た他人と思って、もう構わないでやってもらえませんか？」

「……比奈、この人、頭おかしいんじゃないのっ！　貴女、なんて会社で働いてるのっ」

声を荒らげる敏子に、比奈は思わず昂也の腕にしがみついた。

そんな比奈の姿に、敏子がグッと唇を噛んだ。

『勝手な発言になりますが、貴女と関わると、彼女は私の知る小泉ではなくなるようだ』

昂也のその言葉に、比奈は目が覚めた思いがした。

比奈自身、実家にいる時の自分が好きではない。

子供の頃から、毒をまき散らすように人生を嘆く敏子の愚痴《ぐち》を聞かされ続けてきた。染み込んだ習慣で、言い返すことを諦め必死に感情を呑み込んでいた。そんな自分を好きになれるわけがない。

けれど、家族である以上、付き合っていかなくてはならないから、我慢し続けていただけだ。家族をやめていいなど考えたこともなかった。

「……」

なにも言えず、昂也の腕にしがみつく比奈に代わり、昂也が口を開いた。

「本気で縁を切れと言っているわけじゃありません。ただ貴女は、自分の言動のせいでなにを失ったのか、同時に小泉からなにを奪ったのかを、一度考えてみたらいかがですか？」

それだけ言うと、昂也は比奈の腰に腕を回し、玄関から外へ出た。

腰から手を離した昂也は、エレベーターへと向かう比奈の歩調に合わせてゆっくり歩く。そうしながら、静かに呟いた。

「ちゃんとした家庭の形があるだけに、痛いな。誰にも救いの手を求められない」

その言葉を聞いて、昂也は比奈の抱える痛みの本質を理解しているのだと感じた。

両親が揃っていて、安全に暮らせる家があって、安定した収入の父親がいて学校にも行ける。だから自分を不幸だと思うのは間違っている。ずっとそう思ってきた。

母は心底嫌そうに、それでも毎日食事を作り、洗濯をし、清潔な環境を維持してくれている。暴力を振るわれたこともなければ、ネグレクトのような扱いを受けたこともない。

それでも、母から比奈たちのせいで自分は不幸になったと嘆かれる度、心は傷付き痛みを覚えていた。

「……でも、私より辛い思いをしている人は、たくさんいます」

自分の母親のような、我が身の不幸を嘆くだけの人間にはなりたくない。

比奈はきつく拳《こぶし》を握りしめ、毅然《きぜん》と口にする。その手に昂也の大きな手が触れた。

「それでも、小泉の痛みは小泉だけのものだ。自分で自分の心を殺すな」

迷いのない昂也の言葉に、ハッと顔を上げると、意思の強い眼差しと目が合う。彼の強さに、自分を覆《おお》っていた硬い殻が割れるような清々《すがすが》しさを覚えた。

「あの……」

なにか言葉を返そうと口を開きかけて、家を出た途端、自分の呼吸が楽になっていることに気付く。

昂也の言うとおり、あの家にいる間の自分は死んでいたのではないかと思えてくる。

「オレは、お前の痛みを見て見ぬ振りなどする気はない」

そう言いながら、昂也は固く握りしめられていた比奈の拳《こぶし》を解《ほど》いていく。そしてそのまま、自分の手を握らせてきた。

彼と比奈の関係を考えたら、この手を振り解《ほど》くべきだ。

なのに、窒息死してしまいそうな苦しみから掬《すく》い上げてくれたこの手を解《ほど》くことができない。

比奈が手を離さないことにどこか安堵した様子で、昂也は繋いだ手を軽く揺らして言う。

「喜怒哀楽の感情を共有できる相手がいる喜び……今なら、その意味がわかる。オレは、小泉の上辺だけじゃなく全てを知りたい。そしてなにかあれば、オレの手でできるだけのことをしてやりたいんだ」

昂也の言葉に、鼻の奥がツンと痛くなる。

強くて温かい昂也の手の感触を感じていたくて、ことさらゆっくり歩く。

それでも辿《たど》り着いてしまったエレベーターの前で立ち止まると、比奈は昂也を見上げた。

まっすぐに見上げる比奈を見つめ返し、昂也が微笑んで問いかける。

「それが、恋というものなのだろう？」

「……」

そうです――と、正直に答えたら、自分たちはどうなってしまうのだろう。

そんなことを考えながらじっと彼を見上げていると、不意に昂也が首の角度を変えた。

そして、僅《わず》かに腰を屈《かが》めた昂也の唇がゆっくりと比奈のそれに重なる。

「………？　――ッ！」

一瞬、なにが起きたのかわからなかった。

鈍くなっていた頭が、彼にキスをされていると認識した途端、比奈の脚からかくんと力が抜ける。

「おっと！　危ない」

いきなりその場にへたり込みそうになった比奈の腰に、昂也が素早く腕を回した。

「なっ、なにを……」

こんな不意打ちでキスをされ、どう対応すればいいかわからない。

赤面し口をパクパクさせる比奈に、昂也が笑みを深める。

「悪い。誘われたのかと思った……」

飄々《ひょうひょう》と昂也が言う。

「誘われたって……」

そんなことしていない。即座にそう否定しようと思った。でも、本当に嫌なら、昂也の口付けをかわすこともできたはずだ。

彼は比奈の反応を確かめるように、ゆっくりと顔を寄せてきたのだから。それなのに比奈は、拒絶することなく彼を受け入れた。

「――っ」

赤面して黙り込む比奈の頭を、昂也が優しく撫でる。

「今すぐ愛情を寄越せとは言わないから、オレの横で一人で手を握りしめてなにかに耐えたりはするな」

――ズルイ……

昂也みたいな魅力的な男性に、そんなふうに言われて、少しも心が動かない人間がいるだろうか。

でも、彼の気持ちを受け入れるということは、自分の主義に反し苦難の道を受け入れるも同然だ。

「……部長は、あくまでも私の上司です……」

比奈は揺れる心を自覚しつつ、何とか声を絞り出す。

「今はな」

昂也の余裕綽々《よゆうしゃくしゃく》な表情が憎らしい。

比奈がむくれている間に、エレベーターが到着した。

唇を乱暴に擦り比奈は昂也の腕を解《ほど》いてエレベーターに乗り込む。

「なあ、一つだけ聞いてもいいか？」

比奈を追いかけて、エレベーターに乗ってきた昂也が声をかけてきた。

「なんですか？」

不機嫌そうに返す比奈に、昂也が意味深な笑みを浮かべる。

「小泉が平凡で幸せな家庭を作りつつ、仕事も頑張りたいと思ってきたのは、母親への反発心からだろう？」

「……そうですね」

しばらく考えを巡《めぐ》らせた後で、比奈が認める。

ずっと「母のような人間にはならない」と、心に誓って生きてきた。いわゆる反面教師というやつだ。

「その大前提を踏まえた上での提案なんだが……」

指を伸ばし、階数指定のボタンを押した昂也は、その指を揺らしながら続ける。

「もし、母親の生き方を否定したいだけなら、大企業の御曹司と職場恋愛して結婚するというのも、母親と真逆の生き方という意味ではありなんじゃないか？」

「え……？」

まさに、青天《せいてん》の霹靂《へきれき》。

ぽかんとして固まる比奈に、昂也が魅惑的な微笑みを向けてくる。

「家庭が持ちたいなら、オレと持てばいい」

「じょ、冗談じゃないです！」

付き合ってもいないのに、一足飛びにプロポーズされても本気と受け取れるわけがない。

怖い顔をして睨《にら》む比奈を真顔で見つめ返し、昂也が「本気だ」と返してくる。

そのタイミングで、エレベーターが地上に到着した。

「その覚悟がなければ、オレの立場で部下を口説《くど》いたりしない」

「……」

確かに、今までの昂也は恋人と常に一定の距離を取って付き合っていた。そのことからも、彼は自分の立場をわきまえて行動していることが窺《うかが》える。

「本気にしたのはお前だ。諦めてオレのものになれ」

返す言葉が見つけられない比奈にそう宣言して、昂也はエレベーターを降りていった。

5　悪意と好意

昂也と神奈川の実家を訪れた翌日、比奈は専務に呼び出されていた。

正しくは専務から昂也に、デモのあった国の工場閉鎖に向けた進捗情報が欲しいと連絡があり、比奈が届けに行くことになったのだが……

丹野の存在を考えると、行きたくないのが本音だ。

丹野はもともと苦手だが、涼子の話を聞いた後ではどうしても構えてしまう。

それでも仕事なのだからと割り切り専務のもとを訪れると、いつも以上に険しい表情の丹野に出迎えられた。

「國原部長の使いで……」

こちらが用向きを最後まで伝えるより前に、丹野が非難してくる。

「貴女、公私混同しすぎよ」

専務秘書という立場を利用して、隙あらば昂也にアプローチしている丹野にだけは言われたくない。無言で眉を寄せる比奈に体を寄せ、丹野が囁《ささや》く。

「大体、芦田谷寿々花みたいなオタク女が、國原部長に釣り合うわけがないじゃない。それをわかってて、あの女を部長の気を引く道具に使うなんて、貴女も相当腹黒いわね」

「え？」

——どうして丹野が、寿々花のことを知っている？

驚く比奈に、丹野が勝ち誇ったように微笑む。

「私、勘が鋭いから嘘をついても無駄よ。貴女とは、人間のレベルが違うんだから」

顔を寄せられ、彼女が愛用しているジャスミンをベースにした香水の香りを強く感じる。

「……っ」

本来ならいい香りのはずのジャスミンが、丹野が纏《まと》うことで禍々《まがまが》しく感じられた。

香りを吸い込まないようにそっと息を詰める比奈に、丹野が続ける。

「貴女もそろそろ、誰が一番部長に相応《ふさわ》しいか認めたらどう？」

もちろんそれは自分だと言いたげに、丹野が微笑む。比奈からすれば、その根拠のない自信がどこからくるのかわからない。

比奈が黙り込んでいると、丹野の背後にある部屋の扉が開き、幹彦が顔を覗《のぞ》かせた。

「ああ、来たか」

待っていたと幹彦が軽く手を上げるのを見て、丹野が本来の秘書としての表情を取り戻す。

しかし、まだ言い足りなかったのか、おまけとばかりに比奈の爪先を踏んだ。

「……ッ」

「あら、ごめんなさい」

思わず唸《うな》った比奈に、少しも悪びれる様子のない丹野が謝る。

「どうぞ。専務がお待ちです」

さっさと中に入れと、冷めた表情で丹野が首を動かした。

「……どうも」

言いたいことはいろいろあるが、比奈は込み上げてくる怒りをグッと呑み込んで丹野に従った。


執務室に入ると、比奈は昂也から託されていた書類を幹彦に手渡した。

丹野に飲み物の用意を頼んだ幹彦は、比奈にソファーを勧め説明を求めてくる。

あのデモの後、関係者と密な話し合いが続けられ、クニハラの上層部の意見も友好的な撤退の形で纏《まと》まった。現在は、日々の業務をこなしつつ、粛々《しゅくしゅく》と撤退に伴《ともな》う人員整理や異動の準備を進めているところだ。

幹彦は比奈の説明に満足した様子で頷くと、飲み物の用意を済ませ途中から同席していた丹野に退室を命じた。

比奈には険悪な態度を隠さない丹野だが、幹彦に対しては素直に従い部屋を出ていく。

丹野が退席すると、会話の流れを変えるとっかかりといった感じで幹彦がコーヒーを飲んだ。

比奈にも勧めてくれるが、失礼とは思いつつ口がつけられない。

――なにが入ってるかわからなくて怖すぎる。

さっきの丹野の態度を考えると、異常に苦いくらいでは済まないのではないかと、警戒してしまう。

コーヒーに口をつけない比奈に気を悪くすることもなく、幹彦が問いかけてくる。

「アイツはあの後、少しはその気になったか?」

幹彦の言うアイツとは、もちろん昂也のことだ。

寿々花との見合いが失敗に終わったことは報告したが、それ以降のことは伝えていなかった。

「えっと……」

気が付けば、何故か自分が口説《くど》かれていますとは、さすがに言えるわけがない。

頬を引き攣《つ》らせる比奈を見て、幹彦が苦笑いを浮かべる。

「随分と、困らされている様子だな」

まさか幹彦は、比奈の置かれている状況を承知しているのだろうか。

内心焦る比奈を見て、幹彦が楽しげに目を細める。

「アイツは昔から迷いがない分、好き嫌いがハッキリしていて、人の意見を聞かんところがある。しかも、アイツのすることだからしょうがないと周囲を納得させてしまうから、タチが悪い」

それがカリスマ性というやつなのだろう。

比奈も、彼の持つ魅力は十分に理解している。

「将来的に会社の舵《かじ》取りをされる方ですから、必要な才能だと思います」

その意見に幹彦も頷くが、比奈の立場から言わせてもらえば長所は短所。こと恋愛に関しては、その迷いのなさがかなりやっかいだ。

「芦田谷家のお嬢さんは、条件としては申し分なかったんだが」

幹彦が、残念そうに呟く。

寿々花の実家は、日本のエネルギー産業を支えてきた石油販売メーカーだ。

そんな裕福な家庭に生まれた寿々花は、小学校から大学までエスカレーター式のお嬢様学校に通っていた。しかし大学は海外の有名校を受験し合格。卒業後は実力で外資系電子機器メーカーの研究員となった努力家だ。

幹彦としては、芦田谷の家柄に加え、寿々花本人の行動力や芯の強さを好ましいと考えたのだろう。

そんな比奈の意見に、幹彦が顎《あご》を擦《さす》りながら言う。

「確かにそういった面も魅力だが、実は政府の後押しを受けて、クリーンエネルギー開発に特化した合弁会社を立ち上げることになってね。その舵《かじ》取りを巡《めぐ》って、私と芦田谷会長の間で意見が割れている」

寿々花の父である芦田谷会長は、長年、海外の巨大石油企業と競い合い、潰されることなく生き抜いてきた切れ者で、経済誌で武闘派経営者と揶揄《やゆ》されることもある肝の据わった御仁《ごじん》である。

我《が》が強く話の主導権を握りたがるタイプで、周囲に一目置かれている幹彦の存在が気に喰わないらしい。そのため、幹彦がなにか提案する度に噛み付いてくるのだとか。

幹彦としては、寿々花と昂也が上手《うま》くいけば、芦田谷会長も少しは歩み寄ってくれるのではないかという思惑があったそうだ。

まさか、寿々花との見合いに、そんな裏事情があったなんて知らなかった。

比奈としては、純粋に昂也に相応《ふさわ》しい人を選んだつもりでいたのだが、意図せずそれは幹彦の目論見《もくろみ》とマッチしていたらしい。

数多く寄せられている昂也の見合い候補の中から比奈が寿々花を選んだ時、幹彦はしたり顔で比奈は確かな審美眼《しんびがん》を持っていると褒《ほ》めてくれた。だがそれは、こういうことだったのかと、今さらながらに納得する。そこで比奈は、ハタと気付く。

この場合、見合いが失敗に終わったのはまずかったのではないだろうか。

「あ、あの……國原部長が寿々花さんを断ってしまったら、一段と関係がややこしくなるということでしょうか……」

　にわかに焦る比奈に、幹彦が快活な笑い声を上げる。

「芦田谷会長は、年を取ってからできた娘を溺愛しているそうだから、ウチの息子にフラれたと怒るなら、それはそれで悔しがる顔が見物だな」

　幹彦が芦田谷会長に噛み付かれるのは、彼の性格にも問題があるのではないのだろうか……

　なんとも言えない顔をする比奈を見て、幹彦がぽんと自分の膝を叩いた。

「なんなら、君が相手でも構わんが」

「はいっ⁉　ごっ、ご冗談を……！」

　本格的に焦る比奈に、幹彦はいいことを閃《ひらめ》いたといった様子で頷いている。

「いや。本気で悪くないと思っている。アイツの将来のために一計を案じた行動力を、私は高く評価しているよ。そのくらいの思い切りのよさがないと、アイツの相手は務まらん。おしとやかなだけの令嬢では、猪突猛進《ちょとつもうしん》なアイツに振り回されるのがオチだ」

　その点に関しては、否定できないものがある。

　実際比奈も、猪突猛進《ちょとつもうしん》な昂也に、いきなり実家訪問をされたばかりだ。

　だが結果的に、母との関係を考えるいいきっかけをもらったという思いもある。

　昂也は猪突猛進《ちょとつもうしん》であっても、分別のある大人だ。

彼の行動にはいつだって、きちんとした理由がある。

一見出過ぎたように感じられる昨日の行動も、比奈を思ってしてくれたことだ。

『オレは、お前の痛みを見て見ぬ振りなどする気はない』

昂也のあの言葉が比奈の心の奥で繰り返し再生され、その度に心がくすぐったくなる。

当事者である比奈でさえ、耐えるしかないと思い込んでいた痛みを見逃さず、一緒に解決しようと動いてくれた。彼のその行動力につられて、比奈自身、強くなりたいと思わされる。

――部長はそういう人だ。

そしてその強さが、人の心を魅了する。

そっと唇を撫で複雑な表情を見せる比奈に、幹彦が言う。

「アイツは以前から、君のことを気に入っているようだしな。じゃなきゃ、引き続き部下に付けて欲しいなんて頼んでくるわけがない」

軽い口調で、幹彦が冗談として言っているのだとわかる。

「部長が気に入っているのは、あくまで部下としての私です。それに、上司と部下でなんて、公私混同極まりないことはできません」

胸の奥で微かに揺れる思いを意識しながら、あえて強い口調で否定する。そんな比奈を見て、幹彦が「公私混同大いに結構」と、笑う。

「え？」

「まあ、さすがにそれは言い過ぎだが……仕方がないとは思う」

「……どういうことでしょう？」

昂也とよく似た顔でニヤリと笑った幹彦が、比奈に尋ねた。

「君は、業務時間外は仕事のことをまったく考えないか？」

「いえ」

そこまで器用に頭を切り替えられないと、比奈は素直に首を横に振る。

「そうだろう。普通は誰でもそうだ。よほど切り替えが上手《うま》い奴か、心底仕事が嫌いな奴以外、仕事とプライベートを完全に切り離すなんてできないものだ」

当然と言った様子で頷いた幹彦が、茶目っ気のある表情で比奈を見た。

「プライベートな時間に仕事について考えてくれる社員に、仕事中はプライベートなことを考えるなと言うのは、それこそ不条理だろう？」

「確かに……」

ただ専務という立場にある幹彦が、そんなふうに考えていたのは意外だった。

「きちんと仕事を頑張っている社員が、たまにプライベートな感情を仕事に持ち込むことまで叱る気はない。その分、仕事で返してくれれば満足だ」

そんなことは考えたことがなかったと瞬《まばた》きする比奈を、幹彦が目尻に皺《しわ》を寄せて笑う。

昂也に雰囲気が似た幹彦にそんな顔をされるのは、なんだか変な気分がする。

昨日は昂也に、これまで自分が目指してきた『平凡で幸せな家庭を作る』という人生の目標を、根底から覆《くつがえ》されたばかりだ。そのうえ今日は、幹彦に『仕事とプライベートを分け、どちらも充実させる』という主義を覆《くつがえ》されてしまった。

國原親子に、自分の価値観をどんどん崩されていく。

「個人的には、社内恋愛には反対です。仕事も恋愛も会社で……となると、世界が狭くなりそうで」

國原親子の言葉をすんなり受け入れるのが癪《しゃく》で、思わずそう反論してみた。

けれど幹彦は、比奈のそんな抵抗さえも鼻で笑い飛ばす。

「ああ、『井の中の蛙《かわず》大海を知らず』というやつだな」

我が意を得たりと比奈が頷く前に、幹彦がしたり顔で続ける。

「しかし、後になって『されど空の深さを知る』と、付け加えられている。つまり、置かれた環境をどう解釈するかは、本人の自由ということだ」

——まったく、ああ言えばこう言う……

親子揃って、弁が立つから困る。

自分の固定観念が一つ一つ覆《くつがえ》される度に、気付かないようにしていた自分の気持ちが見えてきてしまう。

「望むことは、臨《のぞ》むこと。自分が望む限り、世界を変えていける」

幹彦が口にしたのは、講演や取材の際、彼が好んでよく使う言葉だ。

望むことは臨《のぞ》むこと。チャレンジ精神を忘れるな。自分が望む限り世界を変えていけるし、望まなければ世界は変わらない——そう、幹彦は説《と》いている。

「専務の座右の銘《めい》ですね」

そこで幹彦は昂也によく似た笑みを浮かべた。

「どうするかは、君次第だ」

だから好きにしなさいと、挑発的な視線を向けられる。

「……っ」

比奈は息を呑み、一瞬言葉を失う。

——もしかして専務は、部長とのことを全部承知しているんじゃ……

なにも答えられずに固まる比奈に、幹彦が表情を和《やわ》らげた。

「ご苦労さま。もう戻っていいよ」

「……はい、失礼します」

一礼して執務室を出ると、自分のブースで仕事をする丹野と目が合った。自分を睨《にら》みつけてくる丹野から、これまで以上の明確な敵意を感じる。

彼女は比奈と入れ替わるように執務室へ入っていく。おそらく、カップを片付けに行ったのだろう。

この隙に、と執務室の前から退散した比奈が廊下を歩いていると、背後から丹野に名前を呼ばれた。

「小泉さん」

さすがに無視するわけにもいかず比奈が振り向いた瞬間、ビシャリとブラウスに生温かいものがかけられた。見ると、ブラウスに大きな琥珀《こはく》色の染みが広がっている。

目の前に立つ丹野が、手に空《から》のカップを持っているのを目にして、ようやく彼女にコーヒーをかけられたのだと理解した。

「――っ！」

常識ではあり得ない丹野の行為に、頭がフリーズする。

呆然と立ち尽くす比奈に、丹野は意地悪な笑みを浮かべながら、空《から》になったカップをもう一方の手に持っていたソーサーの上に戻す。

「貴女がコーヒーをちゃんと飲んでいれば、こんなことにはならなかったのよ」

まったく悪びれた様子のない丹野に、さすがに腹が立つ。

「なにが入ってるかわからないコーヒーなんて、飲めませんから」

そう返した瞬間、丹野に左頬を叩かれた。

ピシャッと鋭い音が響いたけれど、痛みはそれほど感じない。

それより、いきなり人を叩くという行為の方に驚いてしまう。

頬を押さえて目を丸くする比奈に、丹野が視線を鋭くして言った。

「悪い虫がいたから払っただけよ」

それだけ言うと、丹野は執務室へ引き返していく。

この場合、悪い虫とは比奈のことだろうか。

追いかけてやり返してやりたい思いはあるが、それ以上に丹野への恐怖心の方が勝った。

これまでも、嫌がらせをされたことは何度もあるし、陰で他の女子を煽《あお》っているとも聞かされていた。でも今日の丹野からは、今までと違う狂気のようなものを感じる。

深く関わらない方が賢明だと本能的に感じた。

比奈が急いでその場を離れようとした時、不意に丹野が振り向いて薄く笑った。

「言い忘れるところだった。小泉さん、貴女、この仕事向いてないと思うから、早く辞めた方がいいんじゃない？　じゃないと……」

意味深な笑みを浮かべる丹野が続きを言うより早く、比奈は踵《きびす》を返してその場を離れた。

「あのコーヒー、本当になにが入ってたんだろう」

更衣室でブラウスを脱いだ比奈は、濡れたブラウスに鼻を寄せて唸《うな》った。

コーヒー以外に、なにか苦い匂いがする。丹野を警戒するあまりそう感じるのかもしれないけど、とにかく飲まなくて正解だった。

クリーニングに出す前に一度下洗いしておこうと思ったが、コーヒーと一緒に丹野の怨念が染み込んでいそうで気味が悪い。

——勿体ないけど……

ブラウスをそのままゴミ箱に捨てた比奈は、ロッカーに入れていた予備のブラウスに着替えた。

下に着ていたインナーも濡れて気持ち悪いのだけど、さすがにその替えまではないので、水に濡らしたペーパータオルでしっかり拭《ふ》いて我慢しておく。

ブラウスに袖を通し、ボタンを一つずつ留めていく間も、丹野の顔が頭にちらついた。

昂也への思いが比奈への嫉妬として表れたのだろうが、あの態度はさすがに常軌《じょうき》を逸《いっ》している。

比奈はこれまで、誰かを好きになると世界が明るくなると思っていた。だが、丹野を見ていると、必ずしもそうとは限らないのだとわかる。

会社を辞めろと脅《おど》しまがいのことまで口にする丹野は、どう考えても尋常じゃない。

もしこれが気弱な女性なら、丹野の毒気に負けて本当に辞めてしまいかねない気迫があった。

「ああいう人がいるから、部長は上辺だけの後腐れのない付き合いばかりするようになったのかな……」

『オレには、後腐れのない戯《たわむ》れくらいの恋愛が楽でいいんだよ。その方がお互い、気が楽だ』

一緒に水族館に行った日に、昂也の言った言葉を思い出す。あの時、自分のせいで恋人に迷惑をかけたことがあるのかと質問した比奈に、彼は答えを曖昧《あいまい》に濁《にご》していた。

でも丹野の行動を見ていると、過去にもこういったことが少なからずあったのかもしれないと思えてしまう。

もちろん、昂也の冷めた恋愛観の原因が、丹野にないことはわかっている。

けれど、どんなに昂也のことが好きでも、気に入らない人間を傷付けるのは大間違いだ。

「なんか、腹が立ってきたっ」

ロッカーの鏡を睨《にら》む比奈は、着替えたブラウスの襟元を整えると足早にオフィスに向かった。

◇　◇　◇

比奈を使いに出してすぐに、昴也はそのことを後悔する。

専務に呼び出されると、彼女にお使いを頼むことが習慣化していた。

比奈は昴也の考えをよく理解していて、細《こま》かく説明してくれる、と幹彦の評価も高い。

だから、今日も深く考えずに彼女に代役を頼んだのだが、なかなか戻ってこないとあれこれ考えてしまう。

あの二人が手を組み、自分の見合いをお膳立てしてきたのは、ついこの間のことだ。

また面倒なことになっていないかと自《みずか》ら専務室に赴《おもむ》いたが、そこには既に比奈の姿はなかった。

やたらとニヤつく幹彦と、物言いたげな丹野を適当にあしらって、すぐにオフィスへ引き返したがそこにも比奈の姿はなかった。

疑問に思って社内を探していると、更衣室から出てくる比奈と鉢合わせた。

「なんでブラウスを着替えてる？」

「部長っ!?」

酷く驚いた顔をする比奈に違和感を覚えて歩み寄ると、彼女からコーヒーの匂いがする。

「コーヒーの匂い？」

コーヒーを飲んできたというには強すぎる匂いが、比奈自身から漂《ただよ》っている。

不審に思って体を寄せると、比奈が僅《わず》かに後ずさった。その表情に、はっきりと違和感を覚える。

「小泉？」

「あの……」

比奈が、なにか言いたげに自分を見上げてくる。

「仕事が終わったら、どこかで食事でもしよう。そこでゆっくり話を聞かせてくれ」

その表情からなにかあったと察した昂也が、あえて明るくそう提案した。

でも比奈は、表情を硬くしたまま首を横に振る。

「ちょっと無理です。仕事帰りに一緒にいるところを、会社の人に見られたくないので」

その言葉に、昂也が息を呑む。

ブラウスを着替え、ほんのりコーヒーの香りを漂《ただよ》わせる比奈。その緊張した表情に、過去の記憶が蘇《よみがえ》る。

かつて、お互いに好意を持っていた女性から急に拒絶されたことがあった。

だがその理由は、すぐに察することができた。そして自分が自分である以上、この先も相手に迷惑をかけ続けることもわかっていた。

——好意を寄せる相手の不幸を願うはずがない。

だから昂也は、いつしか恋愛に深く踏み込むのをやめたのだが……

「とにかく、今は仕事をします」

「——っ！」

無理やり話を打ち切り、自分の横を通り抜けようとする比奈の腕を咄嗟《とっさ》に掴んだ。

「部長……」

手を掴まれた比奈が戸惑いの表情を見せるが、手を離すことができない。

「悪いけど、なにがあってもお前を逃がす気はないから」

理由はわからないが、彼女が自分を避けている。そのことに驚くほど動揺していた。

状況から考えて、おそらく自分のせいで嫌がらせの類《たぐ》いを受けたのだろう。

これまでは、誰かに執着して迷惑をかけるのが嫌で、深く相手を求めることはしなかった。けれど比奈のことは、どうしても手放したくない。

好きな人の気持ちは尊重してやりたいと考えてきたが、好きだからこそ諦められない感情があるのだと、彼女を好きになって初めて知った。

「なにかあったなら、ちゃんとオレに守らせてくれ。でないと……」

「違いますっ」

昂也の言葉を遮《さえぎ》り素早く周囲に視線を走らせた比奈が、背伸びをして唇を重ねてきた。

「……っ！」

思いもしなかった行動に、らしくもなく固まってしまう。

目を丸くする昂也に、比奈が早口で言う。

「私も、部長のことが好きだと思います」

突然の告白の返事に息を呑むが、つい「わかってた」と、嘯《うそぶ》いてしまう。

そんな昂也を見て、比奈がクスリと笑った。

「でも、とりあえず今は保留にしてください。……それから、私も部長を守りますので」

その言葉に辿《たど》り着くまでに、一体幾つの言葉をすっ飛ばしたのか気になるが、比奈が酷く赤面していることに気付き、追及するのを我慢する。

「わかった」

比奈らしいと思いつつ、そう返す。だが、保留の意味がわからない。

「とりあえず、専務の言葉に従い、今の分も仕事で返せるよう頑張ります」

――だから、その言葉に辿《たど》り着くまでに、幾つの説明をすっ飛ばしたんだ。

言いたいことはいろいろあるが、まあそこは、これから時間をかけて改善してもらうしかない。

「わかった」

諦めてそう返す昂也に、比奈は一礼してエレベーターの方へ駆けていった。

◇ ◇ ◇

その日の夜、比奈は都内にあるタワーマンション最上階の一室にいた。

一緒にいるところを職場の人に見られたくないと言った比奈の意見を尊重し、昂也が最近引っ越したばかりだという自分の部屋で話をすることを提案してきたからだ。

「なるほど……」

広いリビングのソファーに座り比奈の話を聞く昂也が、なんとも言えない顔で唸《うな》る。

昂也が座るソファーと対角線上に配置されたソファーに腰を下ろす比奈も、難しい表情で頷く。

引っ越すついでに家具も新調したのか、比奈が腰掛けるソファーだけでなく、部屋にある全てのものが真新しく、その分生活感に欠けている。

——モデルルームの中にいるみたいで、なんだか落ち着かないな。

そんなことを思いつつ、比奈は自分の身に起きたことを正直に話した。

丹野の言動に関しては、自分でも信じられない部分もあるし、推測に過ぎない部分もある。

どこまで話すか悩んだが、彼は全てを知りたいと言った。

だから釈然《しゃくぜん》としない部分も含めて、比奈が知ること、されたこと全てを正直に話し、その判断を昂也に任せることにしたのだ。

「芦田谷さんのことは、親父が話したのかもしれない」

「確かに……」

寿々花を気に入っている様子の幹彦が、何気ない雑談の中でその名前を口にした可能性はある。

だとしても、丹野が寿々花の外見を知っているような言い方をしていたのが気になった。

昂也も顎《あご》に手を添えて、じっと考え込んでいる。

顎《あご》に手を添えて唇を撫でるのは、彼が高速でなにかを考えている時の癖だ。

「休日出勤すると、丹野君に会うことがよくある。行動範囲が近いのか、外出の際に偶然会うこともあった。だが、顔を合わせてもそれほど親密な話をするわけではないから、仕事熱心な女性という印象しかなかったが……」

丹野の記憶を振り返っているのか、昂也は天井の一角を睨《にら》んでいる。さすがに、困惑を隠せない様子だ。

「信じられないですよね？」

当事者である比奈でさえ、丹野の行動は信じがたいものがある。

昂也がにわかには受け入れられないというのであれば、それはそれで仕方がない。そんなことを考えていると、昂也が視線を向けてきた。

「驚いているのは確かだ。だが小泉が嘘を言うとは思わないし、オレはお前の言葉を信じるよ」

「そんなこと言っていると、騙《だま》されますよ」

比奈への愛情を隠さない昂也の視線が照れくさくて、つい憎まれ口をきいてしまう。

そんな比奈に、昂也は余裕の表情を浮かべる。

「小泉になら、騙《だま》されてもいいよ」

「……騙《だま》しませんよ」

全幅の信頼を寄せてくれる人を騙《だま》したりしない。

比奈の内心の葛藤を全て承知しているといいたげに、昂也が愛おしそうに微笑む。

「騙《だま》したいなら騙《だま》してもいい。今のオレは、小泉の『好きだと思う』とか、『好きだけど保留』とかいう言葉にも舞い上がれるほど、お前にやられてる。たとえ嘘でも、『愛している』と言ってくれれば、それだけでオレは一生幸せな気分になれるだろう」

「ひ、昼間の言葉は、私なりに真摯《しんし》に自分の気持ちと向き合った結果です」

昨日から國原親子によって、比奈の固定観念がことごとく覆《くつがえ》されている。

彼は上司だから……

自分が望んでいるのは平凡で幸せな家庭だから……

公私は分けるべきだから……

そう、昂也の気持ちを拒否してきたが、その固定観念が覆《くつがえ》された今、素直な心で昂也とのことを考えれば、彼に惹かれないわけがないのだった。

あの時、比奈が昂也へ保留と言ったのは、丹野の仕打ちに腹が立っていたからだ。

そのタイミングで昂也を好きだと認めるのは、丹野への対抗心のように思えて嫌だった。

比奈は昼間の幹彦との会話も含めて、昂也に自分の気持ちの変化について打ち明ける。

するとそれを聞いた昂也が、比奈らしいと笑った。

「でも今日、小泉に拒絶された時は、本気で焦った」

「あれは……」

涼子から聞いた話では、丹野は常に昂也の周囲にいる女性に目を光らせているらしい。

専務の執務室でのこともあり、このタイミングで一緒にいるところを見られるのはマズイと思って、咄嗟《とっさ》にあの台詞《せりふ》が口を突いて出ていたのだ。

それに、体からコーヒーの匂いがする状態で、出歩く気になれなかったというのもある。

「小泉らしいが、思ったことはちゃんと順序立てて話してくれ。そうでないと、会社でお前を押し倒しかねない気分だった」

その状況を想像して比奈が頬を引き攣《つ》らせる。

「小泉」

ソファーから立ち上がった昂也が、そのまま比奈の前に膝をついた。

「部長……」

「名前でいい。だからオレも、名前で呼んでいいか？」

そう言うと昂也が、比奈の手を取りまっすぐに見上げてくる。

その眼差しは、息を呑むほど鋭い。

ここで承諾したら、二度と離れることを許さないといった強い意思を感じる。

先のことなどまだ考えられない。

でも、昂也の気持ちを受け入れたら、比奈を取り囲む状況は大きく変わってしまうだろう。

丹野ほど極端ではないにしても、昂也ファンからの嫌がらせが増えるのを覚悟する必要があるだろうし、仕事にも影響が出ることは間違いない。

「……」

昂也は比奈の思考を遮《さえぎ》るように、もう一方の手を彼女の顎《あご》に添える。

「比奈……」

そう呼ぶことを許して欲しいと、確認するみたいに昂也が名前を呼んだ。

その甘美な刺激に、肌がぞわりと震える。

昂也の真剣な表情に尻込みしそうになるが、比奈とて自分なりに覚悟を決めてきた。

それに、丹野のような愛し方をする人に負けて、昂也を孤独にしたくないという思いもある。

比奈が首の動きだけで応《こた》えると、顎《あご》を軽く押し上げられ唇を重ねられた。

昂也と口付けを交わすのは、これで三度目だ。

けれど、互いに求め合っているとわかる口付けは、今までと違う感覚を比奈にもたらした。

——この人が好きだ……

触れることで溢《あふ》れ出す愛おしさを、改めて自覚する。

「くに……」

「昂也でいい」

今までどおり苗字で呼ぼうとする比奈に、昂也がそう促《うなが》す。

「昂也……さん」

躊躇《ためら》いつつも彼の名前を呼ぶと、昂也が嬉しそうに笑い、再び唇を求めてきた。

唇に触れる彼の吐息が熱い。

息遣いで彼の高揚が伝わってくる。

「比奈」

微かに唇を離した昂也が、愛おしげに名前を呼ぶ。

そして顎《あご》に添えていた指に力を入れ比奈の唇を僅《わず》かに開かせると、深く唇を重ねてきた。

唾液に濡れた昂也の舌が、比奈の口内へと忍び込んでくる。

「うんぅっ……」

昂也の舌が驚くほど熱い。

そのことに驚き、無意識に後ろに体を引く。

「逃げるな」

唇が離れた瞬間、そう窘《たしな》められる。再び唇を塞《ふさ》いでくる昂也の目つきが鋭い。

もともと仕事に対して情熱的な人ではある。けれど今の彼は、普段とは違ったどこか野性的な情熱に溢《あふ》れている気がした。

これまでずっと、誰もが見惚れるこの王子様は自分とは別世界に生きている人で、深く関わってはいけないと決めつけていた。

そんな人が、こんなにも強く比奈を求めている——

その事実に、鼓動が驚くほど加速した。

彼の目に魅入られて、逃げられるわけがない。

おずおずと比奈の方から唇を重ねると、昂也が比奈の後頭部に手を添えいっそう深く唇を重ねてきた。

愛おしさを隠さない甘い口付けに比奈が熱い吐息を漏らすと、僅《わず》かに開いた唇の隙間から昂也の舌が忍び込んでくる。

歯列の隙間を割って侵入してきた舌は、口内でいやらしく蠢《うごめ》き、比奈の反応を誘うように歯茎の裏や舌の付け根を刺激してくる。

一方的に与えられる刺激がもどかしくて、比奈の方からも舌を絡めると、昂也がさらに激しく比奈の舌を求めてきた。

息苦しさを感じるほど淫《みだ》らな口付けに、彼の飢《う》えを感じる。

自分が求められているのだと再認識し、彼の飢《う》えを満たすべく必死に舌を絡めた。

ひとしきりキスを堪能した昂也は、彼女の首を左へ傾け露《あら》わになった首筋へ吸い付く。

熱く濡れた舌が柔肌を這《は》う感触に、ゾクゾクとした甘い痺《しび》れが走る。

昂也の舌は、比奈の官能を誘い出すような動きで首筋を蠢《うごめ》く。

「比奈、甘い匂いがする……それに、肌がすごく甘い」

「……っ」

くすぐるみたいな舌の動きに耐えかね、比奈が首をすくめる。すると、昂也が話しかけてきた。

「知ってるか？　欲情している女の肌は甘い汗を分泌《ぶんぴつ》するんだ」

「……う、嘘です」

そんな話、聞いたことがない。

大体それが本当なら、肌が甘いと言われた比奈は、昂也に欲情していることになってしまう。

咄嗟《とっさ》に否定する比奈を、昂也がクスリと笑った。

「どうかな。それは、確かめてみればわかる」

そう言って、昂也の手が比奈の胸の膨らみに触れる。

「……っ」

乱暴ではないが、しっかりと彼の手の存在を感じる触り方だ。

「着痩《や》せするタイプだな」

それにどう答えればいいのかわからずにいると、昂也の手が比奈のブラウスのボタンを外していく。

「そして肌が白い」

昂也は露《あら》わになった胸元に口付ける。

クチュリと粘っこい水音を立たせて胸元に口付けながら、昂也は探るような視線を比奈に向けた。

「お前の肌が今より甘くなったら、その話は本当だったということになる」

「……っ」

欲望に満ちた昂也の眼差しが、比奈を見据えた。

根拠のない噂の真相を確かめるべく、昂也は比奈を隅々まで味わおうとしている。

この先の淫《みだ》らな行為を予感して、比奈の体の奥が熱く疼《うず》いた。

昂也の舌が、比奈の鎖骨を撫でる。

そうしながらブラジャーの隙間に手を忍び込ませ、比奈の胸に直《じか》に触れてきた。

「ちょっ……あのっ」

そのまま行為になだれ込みそうな昂也の雰囲気を察し、比奈がストップをかける。だが、彼の動きは、まったく止まる気配がない。

「待てない」

そう断言した昂也は、唾液にぬめる舌で比奈の肌を本格的に味わい始めた。

「ふぁっ」

昂也の熱く湿った舌の感触に、意識せず甘い声が漏れてしまう。

そんな比奈の素直な反応に昂也が小さく笑ったのが、肌に触れる吐息でわかった。

「散々焦《じ》らしたお前が悪い」

「でも……く……ッ」

拒否する言葉は聞きたくないと言わんばかりに、昂也が荒々しく唇を塞《ふさ》いでくる。

そうしながら、比奈の膝を押し広げた。

無防備に股を開いた格好が恥ずかしく、どうにか脚を閉じようとする。しかし、すかさず昂也が自分の体を割り込ませてきて、叶わなくなった。

昂也が体を密着させることにより、スーツのスカートが脚の付け根までたくし上げられる。

膝頭を撫でていた彼の手が、剥《む》き出しになったももへと移動してきた。

ストッキングの上を滑る手の感触が、比奈に艶《なま》めかしい刺激を与えてくる。

だが、その手が内ももへと移動するのを感じて、比奈は慌てて昂也の手を掴んだ。

しかし男女の力の差は明確で、昂也は比奈の抵抗をものともせず、内もものきわどい場所まで手を滑らせる。

「――っ！」

下着越しに敏感な場所を指でなぞられ、比奈の体が小さく跳ねた。

さらに、もう一方の手でブラジャーを引き下ろし、現れた胸の先端を舌で刺激してくる。

「ほら、さっきより肌が甘くなった」

それが本当かどうか、比奈には確かめようがない。だが、そう言われることで、自分が感じていることを強く意識してしまう。

「あの……シャワーを……」

「必要ない」

一日仕事をして汗ばんでいる肌に、昂也が舌を這《は》わせる。それが恥ずかしくて、彼の頬を両手で挟んで動きを止めるが、顔を上げた昂也に激しく唇を奪われた。

「……っくぅっ……あっ」

喘《あえ》ぎ声を漏らす比奈は、どうにか唇を離して昂也を睨《にら》む。

「明るいし、ここじゃ嫌です」

「わがままだな」

観念した様子で昂也がため息を吐き、体の上からどいてくれる。

ほっと安堵する一方で、離れていった昂也の体に一抹《いちまつ》の寂しさを感じた。

ソファーから立ち上がる昂也を見つめていると、腰を屈《かが》めた彼が比奈の背中と脚の下に腕を滑り込ませる。あっと思った時には、そのまま彼に抱き上げられていた。

「キャッ」

突然のことに驚き小さな悲鳴を上げた比奈は、思わず昂也の体にしがみつく。

昂也は愛しげに比奈の頬に口付け、彼女を抱きしめる腕に力を込めた。

大股にリビングを歩く昂也は、器用にドアを開けて広い廊下を進んでいく。

暖色系の照明が照らす廊下を曲がり、突き当たりの部屋のドアを開ける。

その部屋に入った瞬間、肌に冷気を感じた。

照明の点《つ》いていない部屋は薄暗く、シンと空気が冷えている。

カーテンの開いた大きな窓から街の明かりが差し込んで、部屋全体が青みを帯びて見えた。

——水の中みたい……

冷えた空気と青みを帯びた空間に、昂也と初めて出かけた水族館を思い出す。

比奈を抱えたまま部屋に入った昂也は、比奈の体をそっとベッドに横たえる。

ブラウス越しにシルクのシーツの冷たさを感じ、肌が粟立《あわだ》った。

肘をついて上半身を起こした比奈は、緊張から意味もなく脚を動かす。しかしストッキングを穿《は》いた脚はシルクのシーツの上をするすると滑り、その頼りなさが比奈をよけいに緊張させた。

ベッドはおそらくキングサイズはあるだろう。

部屋が広くて見ただけではわからなかったが、横になるとベッドの広さを感じる。

そこで、ベッドの端に昂也が腰を下ろした。

彼の重みで、マットレスが微かにたわむ。その微かな傾きで、比奈の体が緊張する。

昂也は比奈の頬に手を伸ばし、ベッドに下ろされた時に乱れた髪を払ってくれた。

青みを帯びた部屋の中で見る昂也は、いつも以上に美しい。

しかもこの空間は、彼の美しさだけでなく、雄としての野性味まで引き立たせているようだ。

もとより拒《こば》む気はないのだけれど、その目に見据えられると、まるで今から肉食動物に食べられるみたいな心境になってくる。

「比奈、愛している」

昂也は緊張する比奈に短い口付けを与えると、着ているシャツのボタンを外し始めた。

「カーテン……閉めてください」

照明を点《つ》けなくても、部屋に差し込む街の明かりだけで互いの表情が見える。

それだけでも十分恥ずかしいのに、青い空間に浮かぶ野性的な昂也の表情は、リビングにいる時以上に比奈を落ち着かなくさせた。

緊張で震える比奈に、シャツを脱ぎ捨てた昂也が悪戯《いたずら》な笑みを浮かべる。

「駄目だ」

「でも……」

「オレは最大限譲歩した、今度はお前が譲歩する番だ」

そう説《と》き伏せてくる昂也は、比奈がカーテンを閉めて欲しいと言い出すことを予測していたように思えた。

「意地悪です」

小さな声でなじる比奈の肩を押して、昂也は押し倒すような姿勢でベッドに倒れ込む。

上半身にのしかかりながら、彼は比奈の両手首を掴んで頭の上に縫《ぬ》いとめる。

昂也の筋肉質な引き締まった胸板とぴたりと重なり合い、身動きができない。

「意地の悪いことを散々してきたのは、比奈の方だろう。女を抱くのに、ここまで焦《じ》らされたのは初めてだ」

比奈の動きを封じた昂也が、楽しげな口調で言う。

「それは……」

なんだかんだと理由をつけたが、結局のところ自分は昂也に不釣り合いだと思っていたからだ。

言葉を探して言い淀《よど》んでいると、昂也が比奈の唇を塞《ふさ》ぐ。

「今度こそ、もう逃がさないから」

その意思を伝えるように、昂也が比奈の両手をひと纏《まと》めにして強くマットレスに押さえつける。

昂也の本気をひしひしと感じて、比奈の緊張が増す。自然と背中が反《そ》り、首筋や胸を昂也に差し出すような姿勢になった。

昂也の唇が、比奈の首筋に触れる。

肌を這《は》う昂也の唇の感触に、ゾクゾクしてしまう。

熱く湿った舌が鎖骨から首筋を伝い、耳の後ろへと進んでいく。そうしながら、彼は比奈の残ったブラウスのボタンを外していった。

柔肌をくすぐるように蠢《うごめ》く舌の感触が堪《たま》らない。

「ふぅ……っ……あぁぁっ……ン」

ねっとりと舌を這《は》わせつつ、昂也が比奈の耳元で囁《ささや》く。

「やっぱり、さっきより甘いよ」

「……ッ」

その言葉が、比奈の羞恥心《しゅうちしん》を煽《あお》る。

恥ずかしくて居たたまれなくなり、身を捩《よじ》って彼の唇から逃れようともがいた。

すると昂也は、体を捻《ひね》ったことで露《あら》わになった比奈の背中に手を伸ばし、ブラジャーのホックを外す。それに気付いた比奈が焦って姿勢を戻すと、待ち構えていた昂也にブラジャーをたくし上げられ、剥《む》き出しになった乳房を鷲掴《わしづか》みにされた。

「……やっ……あっ……痛っ」

切ない声を上げる比奈を見て、昂也はさらなる反応を求めるみたいに乳房へ顔を寄せる。

胸の先端に昂也の唇が触れるのを感じた途端、体がビクンッと跳ねてしまう。

いつの間にか突き出すように硬くなっていた胸の先端を、昂也が咥《くわ》え込む。

昂也の熱く湿った口内に先端が含まれ、口付けとは違った興奮が比奈を襲う。

「んぅっ！」

唾液でぬめる舌で乳首を嬲《なぶ》られて、胸だけでなく体全体にもどかしい熱が溢《あふ》れてくる。

自分の中から込み上げてくる熱をどうにかしたくても、両手を掴まれた状態ではなにもできない。

比奈は焦《じ》れったさに両脚を擦り合わせた。

しかしストッキングを穿《は》いた脚がシーツの上を滑るだけで、なんの解決にもならない。

昂也はそんな比奈の様子を楽しむように、執拗《しつよう》に舌で比奈の乳首を弄《もてあそ》ぶ。

舌で押し潰したり撫で回したりしていた乳首を、不意に強く吸い上げる。

たちまち痛み以上に、ムズムズとした奇妙な感覚が込み上げてきた。

「ふぁっ……っあぁぁぁっ……くぅっ」

比奈の口から、意図せず熱い喘《あえ》ぎ声が漏れてしまう。

それに気をよくしたのか、昂也はいっそう淫《みだ》らに比奈の胸を攻め立ててきた。

そうしながら、もう一方の胸を空《あ》いていた手で鷲掴《わしづか》みにする。

「こっちも、硬くなっている」

一瞬、乳房から口を離した昂也が告げる。そして、硬くなった乳首を指で挟み引っ張った。

その瞬間、比奈の体を痺《しび》れるような刺激が突き抜ける。

「あ――っ」

薄暗い部屋に、比奈の甘い悲鳴が響いた。

恥ずかしいと思っても、声を抑えることができない。

「感じる？」

そう問われても、答えられない。

すると昂也は意地悪く、舌と指の両方で比奈の胸を容赦《ようしゃ》なく虐《いじ》めてきた。

「あぁぁあっ……やぁっ……っくぅッはぁ……っ」

快感に喘《あえ》ぐ比奈は、必死に肩を捻《ね》じって昂也の愛撫《あいぶ》から逃げようとする。

仕方ないと思ったのか、昂也はひと纏《まと》めにしていた比奈の手を解放し、のしかかっていた体を少しずらしてくれた。

そのチャンスを逃すことなく比奈が素早く寝返りを打つ。しかし、それを待ち構えていたみたいに、昂也が背中に覆《おお》い被さってきた。

「あっ」

背後から両の乳房を鷲掴《わしづか》みにされ、比奈が切なく喘《あえ》ぐ。

荒々しく胸を揉む昂也の手から逃れたくても、中途半端に脱がされたブラウスやブラジャーが邪魔をしていて、思うように腕が動かせない。

比奈には、昂也から与えられる刺激に身を震わせることしかできなかった。

昂也は比奈を横向きに抱き直し、柔らかな胸の弾力を楽しむように大きな手で捏《こ》ね回す。

ひとしきり比奈の胸を堪能した昂也の手が、するりと比奈の腰に触れた。

スカートのファスナーが下ろされたかと思ったら、ストッキングや下着と一緒に脱がされてしまう。

「あっ！」

抵抗する暇もなく肌を晒《さら》され、比奈が小さな悲鳴を上げる。

隠したいと思っても手の自由が利かない比奈には、どうすることもできなかった。

背後から昂也の右手が、比奈の太ももに触れる。

男らしく大きな手で内ももの柔らかな肉を撫でられると、それだけで比奈の体に緊張が走った。

彼は左手で比奈の胸を弄《もてあそ》びつつ、右手で比奈のアンダーヘアを撫でてくる。

「ん、はぁっ……っ」

薄い茂みを楽しむように昂也の指が動く。そのついでといった感じで、比奈の敏感な蕾《つぼみ》を刺激してくるから堪《たま》らない。

昂也の指が脚の付け根で動く度に、比奈の体が小さく跳ねる。

その反応を気に入った昂也が、何度も薄い茂みを撫でては敏感な場所を刺激してきた。

「感じてるね」

ひとしきりアンダーヘアの感触を楽しんだ昂也が、その奥へ指を割り込ませながら囁《ささや》いてくる。

「――っ」

その言葉で、昂也が比奈の潤《うるお》いを感じ取ったのだとわかった。

言葉で突きつけられた事実に、頬が熱くなる。

恥ずかしさから唇をきつく噛む比奈の肉芽を、昂也の指が捉《とら》える。

「あぁあっ」

堪《こら》えようもなく、激しく比奈の体が反応した。

昂也は悶《もだ》える比奈の体を抱きしめ、執拗《しつよう》にそこを刺激する。

人差し指と薬指で淫唇を押し広げ、中指で硬くなった蕾《つぼみ》を弄《もてあそ》ぶ。

ぷくりと膨れた肉芽を強く押し潰したり、擽《くすぐ》るように撫でたり……

かと思えば、強弱をつけて円を描くように撫でてきたり。

「あっ……嫌っ……駄目っ駄目っ」

指の腹で軽くそこを押される度に、比奈の下腹部が熱く疼《うず》く。

それと共に、体の奥から淫《みだ》らな蜜が溢《あふ》れてくるのを感じた。

「嘘つきだな」

指先で比奈の潤《うるお》いを感じている昂也が、比奈の首筋に口付けながら囁《ささや》く。

そして溢《あふ》れた蜜を掬《すく》うように指を動かし、その指で再び比奈の陰核を嬲《なぶ》った。

「あっあぁぁぁっ………っ」

蜜に濡れた指は、これまでとは比べものにならない刺激を比奈に与えた。

比奈が熱い息を吐いてビクビクと体を震わせていると、肉芽を弄《いじ》っていた昂也の指がさらに深い場所へと移動していく。

無骨な昂也の指が、比奈の蜜を纏《まと》ってヌルリと蠢《うごめ》く。

その艶《なま》めかしい感触に、比奈の体が戦慄《わなな》いた。

「ふはぁっっ」

溢《あふ》れる蜜を潤滑油《じゅんかつゆ》にして、昂也の指が比奈の中へと沈んでくる。熱く湿った比奈の陰唇は、彼の指に歓喜するようにひくついた。比奈は、背中を反《そ》らせて身悶《みもだ》える。

「やあっ……はぁぁっ……ぁぁっ」

中で指が動く度に、ヒクヒクと媚肉が震えるのがわかった。

昂也も指でそれを感じたのだろう。

比奈の反応を窺《うかが》いながら大きく指を動かし、比奈の欲望を掻き立てていく。

内側を縦横無尽に指で嬲《なぶ》られながら、時折思い出したように肉芽を弄《いじ》られる。

緊張していた体は敏感で、些細《ささい》な刺激にも過敏に反応してしまう。

体が痺《しび》れて、次第になにも考えられなくなっていった。

このまま彼に与えられる快楽に溺《おぼ》れて、戻れない場所にいってしまうのではないか――そんな恐怖に囚《とら》われる。

過ぎた快楽から逃れたくて、比奈は無意識にシーツの上で足掻《あが》いた。

しかし昂也は、容赦《ようしゃ》なく比奈の欲望を煽《あお》ってくる。

「あぁぁ――っ」

快楽の頂点へと近付く比奈が、堪《こら》えきれずに嬌声《きょうせい》を上げる。その声に、昂也の指の動きに合わせて生まれるクチュクチュという卑猥《ひわい》な水音が重なった。

意識が霞《かす》み、頭の芯が痺《しび》れていく。

蜜に濡れた柔肉をぐちゃぐちゃに捏《こ》ね回され、膣がヒクヒクと収縮した。

比奈が大きく体を震わせ絶頂を迎える。

「あぁっ！」

そのまま雷に打たれたように体を跳ねさせた比奈は、次の瞬間、昂也の腕の中で脱力した。

グッタリする比奈の首筋に口付け、昂也は彼女を解放する。

比奈から体を離した昂也が、枕元のチェストの引き出しを探る気配がした。

それに続いて背後でズボンを脱ぐ音がして、比奈は思わず首を横に振る。

「あっ、駄目ですっ……今は、無理……」

達したばかりの体は、まだ肉芽を中心に疼《うず》いていて、とても彼を受け入れられる状態ではない。

重い体を引きずり距離を取ろうとする比奈の腰を昂也が捕らえる。

「それはズルいよ」

そう言うなり、昂也は腹ばいになった比奈の腰を持ち上げた。自然と昂也に尻を突き出す格好になった比奈は慌てる。

マットレスに上半身を伏せる比奈の耳に、昂也が避妊具を装着する音が聞こえた。

準備を終えた昂也は、比奈の小ぶりな尻を掴んで左右に広げる。愛蜜で濡れた肉襞がぱくりと開く淫靡《いんび》な感触に、比奈がブルリと背中を震わせた。

彼は比奈の潤《うるお》いを確かめるように、指で媚肉を撫でてくる。

卑猥《ひわい》な姿勢を取らされながら、これまでの愛撫《あいぶ》で敏感になっている場所を撫でられ、達したばかりの腰がガクガクと震えてしまう。

「挿《い》れるよ」

そう宣言する昂也の息遣いを背中に感じて、比奈の体が緊張で震える。

「……やぁっ」

か細い声で止めようとするが、自分がさらなる刺激を求めているのはわかっていた。

昂也にもそれが伝わっているのだろう。

比奈の腰をしっかりと掴んで、割れ目に自分の昂《たかぶ》りをゆっくりと沈めてきた。

「あっ……大きいっ………ッ」

前戯で十分慣らされたそこは、痛みを感じることはない。だが、敏感になっている中が、じわじわと沈んでくる昂也の肉棒の形をリアルに感じて蠢《うごめ》き出す。

自分の臀部《でんぶ》に昂也の腰が密着し、体の内側が彼のもので埋め尽くされた。

自分を貫く昂也の昂《たかぶ》りが、比奈の中でドクドクと脈打っている。

その感覚だけでも堪《たま》らないのに、片手で胸を弄《いじ》られ、奥から新たな蜜が溢《あふ》れてくるのを感じた。

そうこうする間に、昂也はゆっくりと腰を動かし始める。

奥までいっぱいに入っていた肉棒がずるりと抜けていく感触に、ゾクゾクとした疼《うず》きが走った。

「やぁ、あああぁっ…………」

途中まで抜き出された肉棒が、すぐに深く押し込まれる。

猫のように尻を高く持ち上げた比奈は、背中を反《そ》らして喘《あえ》ぐ。

強すぎる快感に体をくねらせる比奈の腰に、痛いくらいに食い込んだ昂也の手が熱い。

でもその痛みさえ、今の比奈には肌を甘く痺《しび》れさせる刺激となる。

「くっ……っ」

ヒクヒクと媚肉をひくつかせる比奈に、昂也が苦しげな吐息を漏らす。

さっきまでは余裕の様子だった昂也が、いつの間にか荒々しく息を乱していた。

貪欲に比奈の体を求める昂也は、激しい抽送《ちゅうそう》を繰り返す。

「あぁあっ……くぅ……きもちいい……」

いつの間にか、比奈も自《みずか》ら尻を突き出し快感を求めて腰をくねらせる。

そうすることで抽送《ちゅうそう》の角度が変わり、さらに比奈を刺激する。

「クッ……いいッ……はぁっ」

昂也もより興奮した様子で、いっそう激しく腰を打ち付けてきた。

昂也の硬く膨張した肉棒が、比奈の膣壁を抉《えぐ》るように動く。その動きが徐々に加速していき、昂也の息遣いも次第に切迫してきた。

限界が近いのか、昂也の余裕のない動きに比奈の奥も痛いくらいに疼《うず》く。

「昂也さん……もうッ……」

髪を振り乱す比奈の切ない声に、昂也が熱い息を吐いた。

「オレもっ」

そう短く返した昂也は、腰の動きをさらに加速させる。

互いの肌がぶつかる乾いた音を響かせ、昂也が激しく中を穿《うが》ってくる。

「くうっ……ああっ……もうっ駄目ッ」

絶頂を迎えた比奈が、ビクビクと体を震わせ悲鳴のような声を上げた。

「ハァッ」

脱力する比奈の腰に強く自身の腰を押しつけ、昂也が欲望を解放する。

ジンジンと疼《うず》く膣の奥で、昂也のものが爆《は》ぜるのを感じた。その感触に、比奈の体がビクンと跳ねる。

「はぁ……っはぁ……っ」

肩で激しく息をする昂也が、比奈を背中から抱きしめた。

「愛してる」

逞《たくま》しい腕の中に包み込まれて脱力する比奈の耳元で、昂也が甘く囁《ささや》く。

「私も……です」

そう返す比奈は、身をよじり昂也と視線を合わせる。

体の向きを変えた弾みで頬にかかった比奈の髪を、昂也がそっと指で掻き上げた。そうしながら、比奈の顔を愛おしげに見つめてくる。

愛情を隠さない彼の視線が恥ずかしい。

「もう離さないから」

はにかむ比奈に昂也はそう宣言して、彼女を強く抱きしめた。

昂也の腕に包まれる安堵感に身を任せていた比奈は、いつの間にかまどろんでいたらしい。

目を開けた瞬間、自分を見つめる昂也と目が合って驚く。

「……っごめんなさい」

寝顔を見られた恥ずかしさから咄嗟《とっさ》に背中を向けようとした。しかし、昂也が強く抱きしめてくるので、身動きすることができない。

「もっと顔を見せて」

昂也が微笑みながら、比奈の頬や瞼《まぶた》や鼻筋に口付けてくる。

「くすぐったいです」

啄《ついば》むような優しい口付けに比奈が身じろぐと、やっと昂也のキスの雨がやむ。

見上げた彼は、急に真剣な表情を見せた。

「丹野君の件だが……」

昂也が口にするその名前に、この部屋を訪れた最初の目的を思い出し、比奈の表情も引き締まる。

そんな比奈の頬を撫でながら昴也が言う。

「しばらくオレに預からせてくれるか？　幾つか確かめたいことがある」

「もちろんです」

昴也に全て話すと決めた時点で、この件の判断は彼に任せるつもりだった。

比奈の答えに表情を緩《ゆる》ませた昴也は、すぐにその表情を厳しくして付け足す。

「事と次第によっては、それ相応の対処をするつもりだ」

冷酷ささえ感じる昴也の気迫に、彼の静かなる怒りを感じる。

昴也に丹野のことを打ち明けたのは、彼にこんな顔をさせるためではない。

深く息を吸い込み呼吸を整えた比奈は、昴也を見つめて言った。

「判断は昴也さんに任せます。でも、貴方一人に問題を背負わせるつもりはありません」

昴也は比奈自身が諦めていた苦しみから、彼女を救い出してくれた。それと同じように、比奈も彼を助けられる存在でありたい。

感情の喜怒哀楽を分け合うというのは、そういうことだ。

「昴也さんの隣にいるために、私も戦います」

僅《わず》かに息を呑んだ昴也が、無言で強く抱きしめてくる。

恋愛に深入りしないよう、刹那《せつな》的な恋しかしてこなかった彼に、こんな情熱的な面があるとは知らなかった。

その情熱を確かめるように、比奈は昂也を抱きしめ返す。

肌が密着することで彼の鼓動を感じ、比奈自身、愛おしさが込み上げてくる。

——本当に、人生ってなにがあるかわからない……。

最初は、自分のプライベートを充実させたいと思ったのが始まりだった。

けれど気が付けば、最初の思いとは随分と違った方向へ進み、こうして昂也の腕の中で幸せを感じている自分がいる。

——なにも望まなければ、なにも生まれない。

幹彦が言うとおり、自分が望めば世界はどんどん変わっていくのだ。

昂也と一緒にいたい——そう願うことで、比奈の生活はこれから大きく変化するだろう。

「私にも、昂也さんと喜怒哀楽を共有させてください」

決意を込めた眼差しを向ける比奈に、昂也が愛おしげな視線を向けてくる。

クニハラの後継者として育てられた昂也は、その立場からいろんなものを諦めてきたのかもしれない。自分が望む限り世界を変えていけるというのであれば、その状況だってきっと変えることができるはずだ。

それならば比奈は、彼に守られるだけの状況を二人のゴールにしたくない。

——もっと強くなる……。

昂也を支え守れる人間になりたい。

胸の中でそんな誓いを立てながら、比奈は昂也に口付けをした。

6　望みを叶えに

望まなければなにも変わらない。

望むことは臨《のぞ》むこと。

昂也と夜を過ごした翌日から、比奈は以前と同じように自分のデスクで仕事をするようになった。

比奈の望みは、今でも公私の区別をつけ、その両方を充実させることだ。

その望みを叶えるためには、昂也との恋愛を充実させるだけでなく、ビジネスにおいても彼の補佐役として周囲に認められる必要がある。

そのためには、逃げることなく仕事に向き合うしかない。

とにかく今できることを、精一杯やろうと決意していた。

「比奈」

金曜の午後、デスクで資料に目を通していたら名前を呼ばれた。

顔を上げると、紙コップを二つ手にした涼子が目の前に立っている。

彼女はニンマリと微笑みながら、紙コップを一つ比奈に差し出してきた。

「ちゃんと仕事してるじゃん」

受け取ると、甘いラテの匂いがした。

差し入れにお礼を言いつつ、比奈はもちろんと言って頷く。

「いつでも、仕事はちゃんとしてますよ」

「そうね、ちゃんとコソコソ仕事してた」

涼子が軽い口調で言い返し、比奈のデスクに寄りかかる。

視線で窘《たしな》めようとしたけれど、「よかった。よかった」と、嬉しそうに頷いている涼子を見て、比奈もつい微笑んでしまう。

時間的にも仕事の区切り的にも、休憩を取るには丁度いいタイミングなので、比奈は昂也の許可を取り、涼子を誘ってフリースペースへ移動した。

「で、問題は解決したの？」

人気《ひとけ》のないテーブル席に腰掛け、コーヒーを飲みながら涼子が尋ねてくる。

「まだ」

簡潔に答えて、比奈はここしばらくのことを思い返した。

彼の気持ちを受け入れてから、気が付けば十日が過ぎている。

一時期は昂也ファンの視線が気になり空回《からまわ》りしていた比奈だが、覚悟さえ決めてしまえば意外に気にならなくなるものだ。

それに、比奈が自分に向けられる厳しい視線を気にすることなく粛々《しゅくしゅく》と業務をこなしていれば、周囲も嘲《あざけ》るチャンスを失い、自然と興味が薄れていくらしい。

結果として無駄に緊張しなくなり、仕事効率は以前の状態に戻っていた。

そして、告白された時は不安しかなかった昂也との付き合いも、予想外に順調だった。

ワーカホリックの彼と付き合うことになれば、これまで以上に公私の別なく比奈のプライベートな時間が失われるのではと心配していたが、どうやら杞憂《きゆう》に終わりそうだ。

どんな心境の変化があったのか、昂也は仕事を家に持ち帰ることをほとんどしなくなり、比奈だけでなく昂也のプライベートな時間も確保できている。

「問題が解決していない割には、表情が明るくて安心したわ」

「まあ、問題の一部は解決したから」

自分を気遣ってくれる涼子に、笑顔でそう伝える。

先日、頭を悩ませていた昂也からのアプローチについては、受け入れることを決めて解決した。ついでに、彼のプライベートを充実させ自分のプライベートを確保することも、恋人を作ってプライベートを充実させるという願いも一度に叶ってしまった。

丹野の問題はまだ残っているけれど、今の段階ではこれでよしとしておく。

涼子には昂也との関係を報告したい気持ちもあるが、話せば長くなりそうだし、誰かに聞かれても困るので、またの機会にさせてもらおう。

「そう、よかった。丹野に虐《いじ》められて、会社を辞めるって言いださないか心配だったから」

「そんなに子供じゃないよ」

確かに丹野の言動は常軌《じょうき》を逸《いっ》したところがあるが、それを理由に会社を辞めたりしない。

笑って受け流す比奈に、涼子が真面目な顔をする。

「でも、過去に本当にいたみたいよ」

「……なにが？」

首をかしげる比奈に、涼子が声のボリュームを下げて言った。

「アンタに対する攻撃がちょっと尋常じゃなかったから、気になって調べてみたの。そうしたら、これまでも自分の気に入らない相手を徹底的に追い込んで、何人も辞めさせてるらしいのよ」

そう話す涼子は、そのまま丹野の嫌がらせの実例を挙げていく。

じわじわと相手を追い込む陰湿な嫌がらせのやり方に、比奈が眉を寄せる。

「そんな……会社はなにも言わなかったわけ？」

驚く比奈に、涼子が冷静な口調で返す。

「言わないでしょ。丹野は明確な虐《いじ》めをするタイプじゃないもの。ただ相手のミスを、それがどれだけ些細《ささい》なことでも厳しく糾弾したり、困っていても手助けをしないだけ。悪意のある責め方はしても、直接自分の手を汚すようなことはしないのよ」

そこで比奈は、以前丹野にあることないこと吹聴《ふいちょう》され、昂也ファンからの風当たりが強くなったことを思い出す。

「失敗が多いと言われる社員が自主退職しても、会社は本人に適性がなかったと判断するだけ。それに、もし被害者と揉めたとしても、仕事のできる完璧な専務秘書の言い分を、会社は疑ったりしないはずよ」

「確かに……」

そういえば昂也も、丹野を仕事熱心な人だと思っていたと評価していた。

直接丹野の悪意に触れた比奈のような人間でなければ、彼女の言い分を信じてもおかしくない。

「まあ、なにかされたら、思い詰める前に私に相談してよ」

思わず考え込む比奈に、涼子が軽い口調で言ってきた。しかし軽い口調とは裏腹に、彼女が比奈のことを真剣に心配してくれているのがわかる。

「わかった。ありがとう、涼子」

お礼を言った比奈は、近いうちに二人で飲みに行く約束をして仕事に戻った。

フロアに戻る途中、エレベーターの前でＡ４サイズの封筒を持った昂也と鉢合わせる。

「部長、外出ですか？」

今日のスケジュールに外出の予定はなかったはず……と、記憶を辿《たど》る比奈に昂也が答えた。

「いや、専務のところだ」

「書類を届けるのでしたら、私が代わりに……」

そう言って差し出した手から、昂也は書類を遠ざける。そしてもう一方の手で、エレベーターのボタンを押した。

これまで任されていた仕事を、突然取り上げられた比奈は戸惑いの表情を見せる。

そんな比奈を安心させるように、昂也が魅力たっぷりな笑みを浮かべた。

「これからは、面倒がらずにできるだけ自分で行くよ。でも、忙しい時はまた頼む」

確かに昂也は、幹彦に捕まり話が長くなるのを面倒がって比奈にお使いを頼んでいた。

それを改めるだけというのであれば、比奈に止める理由はない。

けれどこのタイミングでとなれば、少なからず丹野の件が影響していると感じてしまう。

——そんなの、納得できない。

「いいえ、私が行きます」

比奈の気迫に押され、一瞬言葉を詰まらせた昂也は、すぐに「今日はいい」と言って、到着したエレベーターに乗り込んだ。

「部長！」

比奈は昂也の腕を掴み、閉まりかけた扉の間に自分の体を滑り込ませた。

「おいっ、危ないだろ」

思わずといった感じで語気を荒らげる昂也に、比奈は真っ向から対峙する。

「部下として貴方を尊敬してるからこそ、上司の間違った判断を止めさせてもらいます」

「……っ」

比奈の真剣な表情に思うところがあったのだろう、昂也の動きが止まった。

昂也が聞く姿勢を示したのを察し、比奈は心に決めた思いを伝える。

「私情に流されて、部下の仕事を取り上げないでください。私が丹野さんのことを正直に話したのは、部長に庇《かば》って欲しいからではなく、自分の抱えている問題を、貴方と分かち合いたかっただけです」

「だけど彼女の件は、オレが原因だ」

昂也が、らしくないほど弱気な表情を見せた。

そんな表情をしてしまうだけの苦い思い出が彼にあるのだと考えると、比奈の心も痛くなる。

　でも……

「これまで私のことを見てきたのだから、私の強さを信じてください」

比奈の言葉に、昂也がハッと息を呑む。そして、表情を和《なご》ませる。

その表情の変化を見逃さず、比奈が宣言する。

「貴方が戦うのなら、私も一緒に戦います」

「悪かった……」

降参とばかりにため息を吐いた昂也が、いつもの穏やかな表情を見せる。

「……」

思いが伝わったと安堵の息を吐く比奈の髪を、昂也がクシャリと撫でて抱きしめた。

「そうだった。オレが愛した子は、そういう子だった」

ほんの一瞬、強く比奈を抱きしめた昂也は、すぐに腕を解《ほど》いた。

「はい……じゃあ」

いつもどおり書類を預かろうとした比奈を制して、昂也は専務の執務室がある最上階のボタンを押す。

「小泉に任せるが、たまにはオレも顔を出すことにした」

——過保護だ……

　一人で事足りる書類を、二人で届けに行く。それはそれで公私混同のような気もするが、一緒に戦うと言った手前断ることもできない。

　本音を言えば、一人で丹野に向き合うことには不安があったので、嬉しい気持ちもある。

「言っとくが、今すぐ丹野君をどうこうするつもりはないからな」

　最上階に到着したエレベーターの扉が開く時、昴也が言う。

「そうなんですか？」

　先日見せた昴也の怒りから、すぐにでも行動を起こすのかと思っていた。

　わかりやすく驚く比奈に呆れた様子で肩をすくめ、昴也がエレベーターを降りる。

　その後に続く比奈へ、昴也が微笑む。

「自分の気に入らない人間をいちいち排除してたら、恐ろしく退屈な世界で生きることになる。そんな世界はつまらん」

「そうですね」

　昴也の性格を忘れていたと、比奈は安堵するように息を吐く。

　周囲の人間が昴也へ厚い信頼を寄せるのは、彼がどんな相談事にも真摯《しんし》に向き合い、どんなトラブルが起きようとも及び腰にならず楽しんで解決してくれるからだ。

「まあでも、軽く釘くらいは刺すかもしれんが」

　どこか悪戯《いたずら》を楽しむような微笑みを残し、昴也は足早に廊下を歩いていった。

「お、珍しいな」

丹野の取り次ぎを待たず、執務室の扉を開けた昂也の顔を見て、幹彦が目を瞬《またた》く。

「昨日、会議で会ったばかりですよ」

「お前の方から私に会いに来るのが、珍しいと言っているんだ」

冷めた口調で返す昂也に、幹彦が楽しげに笑みを深める。

立ち上がりながらソファーへ移動し、昂也に座るよう勧めてきた。

「書類を届けに来ただけですよ」

「彼女一人に任せればいいお使いにわざわざついて来たってことは、暇なんだろ？　少し話していけ。ちょうどお前に頼みたいことがある」

ため息を吐いた昂也が、渋々といった様子でソファーに座る。

一礼して先に帰ろうとする比奈にも着席を勧め、幹彦が丹野に三人分の飲み物を頼む。

退室する丹野の顔がチラリと見えたが、見事に機嫌が悪そうだ。

今ここで着席を断り一人で退室したら、確実に丹野の攻撃を受けるだろう。

——とりあえず出されたものを口にしなければ、ここにいる方が安全か……

前回は、口をつけなかったコーヒーをかけられたのだが、今日は昂也が一緒なのでその心配はないはずだ。

比奈が、そんなことを頭の中で考えている間に、幹彦が来週開催されるパーティーの出席を昂也に頼んでいた。聞くともなく二人の話を聞いていると、幹彦が知った名前を口にする。

「芦田谷家主催のパーティーだ」

芦田谷……とは、芦田谷寿々花の家のことだろうか。

比奈の疑問に答えるように、幹彦が付け足してきた。

「私と芦田谷会長はどうも馬が合わん。だが、お前のことは気に入っているらしい。それに『妹が、昂也さんの出席を望んでいるから是非に』と芦田谷の息子さんにも頼まれた」

会長の息子とはつまり、寿々花の兄のことだ。そういえば、彼女の見合い写真を幹彦に預けたのはその兄だと聞いている。

「それに、息子さんから『この前の話の続きをしましょう』と、意味深な伝言を預かった。お前に会う度、娘がどんどん垢抜けていくと、会長が喜んでいると」

彼女との見合いは断ったと聞いていたが……と、幹彦が探るような視線を昂也に向ける。

しかし比奈は、幹彦が預かってきたという伝言が気になった。

――お前に会う度って、どういうこと？

比奈の知らないところで、二人は何度も会っているということだろうか。

心がざらつく比奈の隣で、昂也が意味ありげに笑う。

「それは魅力的な話ですね」

「では頼んだぞ」

比奈との関係を知るよしもない幹彦が、昂也の表情を見て満足そうに頷いた。

「承知しました」

昂也がそう請け合ったところで、丹野がコーヒーを運んでくる。

比奈と目を合わせることなく、幹彦、昂也の順にカップを出していく。昂也の前にカップを置く時、一瞬、誘うような意味ありげな笑みを浮かべるのが目に入った。

さすがというか、丹野は自分を綺麗に見せる方法を知り尽くしているのだろう。彼女の微笑みは、女性の比奈から見ても、非常に魅力的だった。

しかし、隠しきれないプライドの高さが滲《にじ》み出ているが。

さっき昂也は、『自分の気に入らない人間をいちいち排除してたら、恐ろしく退屈な世界で生きることになる』と話していたが、きっと丹野は、そんな恐ろしく退屈な自分中心の世界を好んでいるのだろう。

「失礼します……」

人数分のコーヒーを出し終え、丹野は一礼して立ち上がろうとした。

その時、昂也がおもむろに比奈の前のコーヒーカップをソーサーごと持ち上げる。

「あっ」

思わず声を上げたのは比奈だったが、反応が早かったのは丹野の方だった。

口をつけようとした昂也のカップを、丹野が手を伸ばして叩き落とす。

昂也の手を離れたカップは、ガシャンッと、不快な音を立てて床で砕け散り、大理石張りの床にコーヒーが広がる。

「私が飲むと、なにか不都合なことでもあったかな？」

自称を私に変えた昂也が、驚くほど冷めた口調で問いかける。

「……い、いえっ」

「君は、私の部下に飲めないようなものを出したのか？」

昂也の迫力に気圧《けお》されたのか、もしくは咄嗟《とっさ》の言い訳が思いつかないのか。丹野は美しい眉間《みけん》に皺《しわ》を寄せ、きつく唇を噛む。

「どういうことだ？」

幹彦が、丹野と床に飛散したコーヒーカップを見比べながら静かに尋ねてきた。

「さあ。詳しくは彼女に聞いてください」

それ以上話す気はないと暗に示した昂也が、その代わりといった感じで幹彦に言い置く。

「ただ、時々、彼女が出す飲み物を、来客のものと交換してみたらどうですか」

それで、ある程度のことを察したのだろう。

顎《あご》を擦《さす》る幹彦が困ったものだと息を漏らし、丹野に視線を向ける。

「わかった」

その言葉に、丹野の肩が微かに震えた。

本当にするかどうかはともかく、幹彦の目のあるところでは、もう同じことはできないだろう。

——軽くって、どこが……

今すぐどうこうするつもりはない、と言っていたさっきの言葉は嘘だったのか、と比奈は内心ひやひやする。

ある意味、比奈への嫌がらせは許さないと昂也に釘を刺された丹野は、さっきまでの艶《あで》やかな笑みの消えた蒼白な顔で硬直していた。

「では、私たちはこれで……」

用件は済んだと昂也が立ち上がったので、比奈もそれに続いて幹彦の執務室を出た。


「やり過ぎじゃないですか？」

やって来たエレベーターに乗り込む比奈が、不安げな表情を見せる。

そんな比奈に、昂也が言う。

「そうかな？　このくらいハッキリ釘を刺しておかないと、面倒が長引くと思うが。彼女のようなタイプの女性は、中途半端に優しくすると、自分の都合のいいように話を歪《ゆが》めて解釈する」

そう断言できるだけの過去が、昂也にはあるのだろう。

面倒とは、丹野がこれからも昂也を狙い、比奈に嫌がらせを続けること。

――確かにそれは遠慮願いたい。

そうは思うが、丹野は異常にプライドが高く底意地の悪い性格をしている。

涼子から聞いた話も合わせて考えると、昂也に自身の嫌がらせを暴かれた彼女は、それを告げ口した比奈を逆恨みするのではないかと不安を感じる。

「お前に迷惑をかけるだろうか？」

比奈の表情を読み取った昂也が、顔を曇らせた。

比奈はハッとして首を横に振る。

不安がないと言えば、嘘になる。

でもそれは、丹野の性格の問題であり、昂也は比奈を全力で守ろうとしてくれているのだ。

「もしなにかあっても、戦うから大丈夫です」

比奈のその言葉に、昂也が愛おしげに目を細める。

「ありがとう。でも、戦わせるより先に、オレがお前を守りたい」

そう話す昴也が、エレベーターが指定の階に到着するまでの一時、比奈の手をそっと包み込む。

その手の温もりに、強さをもらう。

「さあ、仕事だ」

手を離しエレベーターを降りる昴也の言葉に、比奈も頷きを返す。

昴也と一緒にいるためなら、どこまでも強くなれると思うし、仕事だって頑張れる。

――だけど……

昴也の背中を追う比奈は、寿々花の顔を思い出し、自分の胸にそっと手を添える。

見合いの日の寿々花は、完璧なまでに美しい人だった。その上、内面も申し分なく美しく正しい。

そんな彼女と昴也が、比奈の知らない場所で会っていると知り胸の奥が疼《うず》く。

丹野のように明確な悪意に対してなら、覚悟を決めて戦えばいい。けれど昴也と寿々花が並んだ姿を思うと湧き上がるこの感情に、どう折り合いをつければいいのかわからなかった。

◇　◇　◇

「おかえり」

仕事帰りに昂也のマンションを訪れると、一足早く帰った昂也が比奈を出迎えてくれた。

昂也との関係は今のところ公《おおやけ》にしていないので、彼のマンションを訪れる際は時間差で帰ることにしている。

「……おじゃまします」

昂也の思いを受け入れて以降、比奈が昂也の部屋を訪れるのは、これで三度目だ。

なので「ただいま」と、答えるのは少々図々しい気がして躊躇《ためら》ってしまう。

そんな比奈の頬に口付け、昂也は彼女が持っていた鞄《かばん》を受け取る。

そしてそのままリビングへと引き返していくので、比奈も昂也が用意してくれた自分用のスリッパを履いて中に入った。

「あの後、丹野君からなにかされたか？」

リビングへと入ってくる比奈に、キッチンスペースに立つ昂也が言う。

「いいえ、なにもされていません」

ソファーに腰を下ろして比奈が答える。

昂也はダイニングスペースを抜け、ソファーへと近付いてきた。そして、比奈と視線を合わすべく床に膝をついて問いかける。

「本当に？」

「はい」

頷く比奈の目を、昂也が覗《のぞ》き込む。

「じゃあ、他になにかあった？」

「なにかって……」

そう問われて、比奈は昂也から視線を逸《そ》らす。

昂也はそんな比奈の手を持ち、軽く揺らしながら優しい口調で言う。

「目を見ればわかるよ。前にも言ったけど、比奈はいつも人の目を見て話すから、その間オレも比奈の目を見ている」

愛おしさを隠さない昂也の声が優しくて、自分の中に抱えているモヤモヤとしたもの全てを打ち明けたくなる。

だけど昂也を好きだからこそ、打ち明けにくい思いもあるのだ。

「……っ」

比奈が視線を逸《そ》らしたまま黙り込んでいると、昂也が手を解《ほど》き、比奈の頬に手を添える。

そうされても、昂也と目を合わせることができない。

「なんでもないです」

比奈はそう嘘をつく。そのくらい今、比奈の心を占めている感情がくだらないものなのだという自覚がある。

幹彦との会話で、昂也が見合いの後も、何度か寿々花と会っていたことを知った。

比奈の知らない場所で二人が会っていたということに、心が酷くざらついている。

でもそれを口にするのは、まるで自分の心の狭さを露呈《ろてい》するようで、躊躇《ためら》われた。

年上で恋愛慣れしている昂也からすれば、こんな些細《ささい》なことで嫉妬してうじうじ考え込む女など、面倒くさいと思うに決まっている。

それなら上手《うま》く感情を隠して誤魔化せればいいのだけど、早々に気付かれてクッションを抱きしめ黙り込む状況に陥《おちい》っている。

――自分で自分が情けない。

クッションに顔を半分埋《うず》めて視線を逸《そ》らす比奈に、昂也がため息を漏らして立ち上がった。

「なにか飲む？」

「……」

呆れられただろうかと不安になり、感情が喉に詰まって声が出ない。

「今日は疲れただろうから、甘い飲み物にしよう」

比奈の頭を優しく撫でて、昂也がキッチンへと引き返していく。

――最悪だ……

昂也に嫌われたくなくて黙っているのに、そのせいで余計に空気を悪くしてしまった。

だけど、なにをどうすればよかったのかわからない。

自己嫌悪でクッションに顔を埋《うず》めていると、キッチンスペースで昂也が、冷蔵庫を開けたり食器を用意したりしている音が聞こえてくる。

その穏やかな気配が、比奈を余計に申し訳ない気分にさせた。

情けない思いでクッションを抱えていると、リビングに昂也が戻ってきた。

「おまじないをしていい？」

「……おまじない？」

「オレと比奈が、本音で話せるおまじない」

優しい声で話す昂也が、テーブルにシャンパンボトルとグラスを二つ置き、比奈からクッションを取り上げる。

「これは？」

テーブルに置かれたグラスに視線を向けた比奈が、不思議そうに首をかしげた。

昂也が持ってきたシャンパングラスの底には、丸みのある赤いものが入っている。完全な球体ではないその物体は、トロリとした液体で湿っているようだ。

「ハイビスカスのシロップ漬け。比奈が好きそうかなと思って、取り寄せてみた」

そう言って、昂也はシャンパンの栓《せん》を抜きソファーに腰を下ろしてくる。

彼は片脚をソファーに投げ出し、自分の脚の間に比奈を抱き寄せ背中から抱きしめてきた。

そのままグラスを比奈に持たせると、そこにシャンパンを静かに注《つ》いだ。

グラスに満ちていく薄い黄金《こがね》色をした液体は、ハイビスカスのシロップ漬けと混じり合い、茜《あかね》色に変化していった。

小さな炭酸の泡が、ハイビスカスの蕾《つぼみ》に絡まりながら昇っていく。

確かに比奈の好みをよく理解してくれている品だ。

「綺麗ですね……」

グラスの中で途絶えることなく続く泡の鎖を眺めていると、昂也が囁《ささや》く。

「そのうち、ゆっくりと花が開くよ」

昂也が自分を思い、これを用意してくれていたのだというだけで心が和《なご》む。

言われるまま凝視していると、グラスの中で赤い蕾《つぼみ》が僅《わず》かに綻《ほころ》ぶのがわかった。

「本当だ」

落ち込んでいたことも忘れて歓声を上げる比奈に、昂也がクスリと笑う。彼はもう一つのグラスにもシャンパンを注《つ》ぎ、再び比奈を優しく抱きしめてきた。

「この花が開くまで、このままオレの話を聞いて欲しい」

そう言って、昂也は比奈の返事を待たず話し始める。

「オレが長い間、本気で誰とも付き合わずにいたのは知っているな？」

「はい」

比奈が小さな声で返事をする。昂也は比奈を抱きしめる腕に力を入れ、緩《ゆる》く体をゆする。

「恋愛が面倒で、気楽でお手軽な恋愛ごっこを楽しむくらいが、オレにはちょうどいいと思っていた。前にも言ったが仕事は忙しいし、國原の名はなかなかの重荷だ。相手のためにも、そのくらいの付き合いの方がよかったんだ」

「知ってます」

昂也がそういう人だとわかっているから、寿々花との関係を疑って嫉妬しているなんてとても言い出せないのだ。

「オレは、自分のような立場の者が特定の人間に執着するのはよくないと思っていた。特に社内で誰かを特別視することは、他の社員との扱いの差に繋がって公平性に欠けるから」

水族館でガラス越しの魚を愛《め》でるように、昂也は常に周囲の状況を客観視できるよう、自分の感情をセーブするようにしていたのだろう。

もちろん経営者としては、望ましい姿勢なのかもしれない。だが、プライベートまでそうだとしたら、彼の人生は恐ろしく味気ないものになってしまう。

そんなことを考えて表情を曇らせる比奈に、昂也が言葉を続ける。

「それなのに比奈は、そんなオレの生き方を真っ向から否定した。そんな人生はつまらないと、オレの価値観を全否定して、誰かと感情を共有しろと言ってきたんだ」

「……」

そう言われると、自分の言動はなかなかに傍若無人《ぼうじゃくぶじん》だったかもしれない。

なんとも言えない気持ちで黙り込む比奈を、昂也が愛おしげに両腕で包み込んだ。

「今になって思い返せば、オレはかなり初めの頃から、お前に執着していたんだと思う」

「えっ？」

「きっかけは、お前の最初の上司が『えらく元気のいい新人がいる』って、話していたのを聞いたことだ。まあ、新人に対するそういった評価は特別珍しくないが、たまたまなにかの拍子《ひょうし》で言葉を交わしたお前は、本当にエネルギッシュでまっすぐ人の目を見て話す子だった。それが印象に残っていて、社員育成のために若手をオレの下に付けるという話になった時、候補の中にいた比奈を指名したんだ」

「……初めて聞きました」

目を丸くして驚く比奈に、昂也が「初めて話したから」と笑う。

「そして、いざ一緒に仕事をしてみたら、側から離せなくなった。親父に、他の部署に異動になる時は、比奈も連れていきたいと頼んだくらいだ。オレが一人の人間にそこまで固執したのは、それが初めてだったよ」

「……」

以前、幹彦にその話は聞かされていたが、本人に直接言われた衝撃はまた別格だった。

呆けた顔で背後を振り返る比奈に、昂也が微笑む。

「比奈がいつも楽しそうに仕事をしてくれるから、どんなに忙しくても頑張れた。きっとその頃から、オレは比奈の感情に少なからず影響されていたんだろうな。だから、比奈が悲しいとオレも悲しい」

そう言って、昂也が比奈の首筋に口付ける。

温かく、少しかさつく昂也の唇の感触に、比奈の肌がゾクリと震えた。

比奈は思わず背中を跳ねさせる。昂也はその反応を楽しむように首筋への口付けを繰り返し、そのままそこに顔を埋《うず》めて呟いた。

「そしてその理由がわからないのは、もっと悲しい。比奈のためなら、なんでもしてやりたいと思うのに、今のオレにはどうしてあげることもできない」

顔を上げた昂也は、比奈に自分の方へ向くよう合図する。

比奈がおずおずと体の向きを変えると、優しく微笑む昂也と目が合った。

「そんなふうに思うくらい、オレはお前の虜《とりこ》だ。だから、一人でそんな顔をしないでくれ」

少しはにかみながら昂也が続ける。

「比奈にそんな顔をされると、オレも苦しくなるよ」

昂也がそっと、比奈の頬に口付けする。

比奈が不安を抱えて黙り込むことで、彼をここまで困らせてしまうなんて考えていなかった。

「……でも言ったら、昂也さんは呆れると思います」

視線を落とし、躊躇《ためら》いがちにそう告げる。

「それはあり得ない」

はっきりと断言した昂也は、再び比奈の頬に口付け彼女の手に自分の手をそっと重ねた。

見ると、シャンパングラスの中でハイビスカスの蕾《つぼみ》が花開いている。

「オレを信じてくれるなら、今なにを考えているかちゃんと話して欲しい」

自分の気持ちをまっすぐ伝えてくれた昂也に応《こた》えるためにも、今度は比奈が安いプライドを捨てて自分の思っていることを話す番だ。

「………昂也さん、私の知らないところで芦田谷さんと会ってたんですか？」

彼に自分の嫉妬心を知られるのは恥ずかしい。

唇を固く結び、彼の返事を待つ。

そんな比奈の姿に、昂也は意表を突かれた様子で瞬《まばた》きした。

でもすぐに比奈の言わんとすることを察した様子で、表情を柔らかくする。

「あの見合いの後、芦田谷さんとは何度か会った」

昂也が、あっさりと認める。

その口調には微塵《みじん》の後ろめたさも感じなかった。けれど、その事実にどうしても心が疼《うず》いてしまう。

思わず唇を噛み締めた比奈に、昂也が続ける。

「彼女は海外の電子機器メーカーの技術開発部に勤務していて、プログラミングのアルゴリズム構築を任されているんだ」

「知ってます」

その辺のことは、見合いをセッティングする際に詳しく調べたので知っている。

「最初に会った時、今も日本の大学で毎年開催される最適化理論のセミナーに参加していると話してくれた。理学系や工学系の大学院生との意見交換の場にも積極的に参加しているそうだし、うちに優秀な人材を紹介してもらえないかと思ってコンタクトを取ったんだ」

電気自動車に安全制御システム。昔と違い、今の自動車は電子機器との関係が密接だ。安全なシステム構築には、電子機器の情報伝達の処理速度を上げる必要がある。そこに、最適化理論は欠かせない知識だった。

「もしかして、新卒のスカウトですか？」

昂也の言わんとすることを察した比奈に、昂也が頷く。

「最初はそのつもりだった。だけど、彼女と話していくうちに、芦田谷さん自身をウチに引き抜きたいと考えるようになったんだ。アルゴリズムの構築には知識だけでなく個人のセンスも必要になるが、彼女の能力は素晴らしいからね」

「……」

昂也は仕事の話をしているのだ。そうわかっていても、手放しで寿々花を褒《ほ》める昂也に、どうしても嫉妬心が湧いてきてしまう。

一途に昂也を慕っていた寿々花だ。彼女からすれば、仕事の話とはいえ昂也と会えば思うところはあるだろう。なにより彼女は、美人で昂也と釣り合いの取れる家柄がある。

幹彦も、寿々花と昂也の縁談が纏《まと》まることを望んでいた。

昂也はなにも悪くないのに、自分にないものをたくさん持っている寿々花と彼が会っていることが、不安で仕方がない。

でもそんなことで、昂也の仕事の邪魔をしていいわけがなかった。

グッと感情を呑み込み、納得しましたと笑ってみせる。そんな比奈を、昂也がそっと抱きしめた。

「黙っていて悪かった。比奈が嫌な思いをするなら、彼女のことは諦めるよ」

「そんな……」

それでいいわけがない。

慌てて体を離して、昴也に意見しようとする比奈の唇を、昴也が優しく塞《ふさ》いだ。

すぐに唇を離した彼は、比奈にシャンパンを飲むよう促《うなが》す。

茜《あかね》色のシャンパンは、甘いシロップの味がした。

苦しい本音を吐き出した比奈の喉は酷く渇いていて、喉を撫でる炭酸の泡が心地いい。

「彼女に代わる技術者は探せば見つかるが、お前の代わりはどこにもいない」

「……でもっ」

「平凡で幸せな家庭を望んでいたお前を、無理やりオレの人生に巻き込んだんだ。不安を取り除く努力ぐらいさせてくれ」

そう言って、昴也がグラスを持ち上げシャンパンを飲む。

視線で比奈にも飲むように勧めてくるので、グラスに残っていたシャンパンを飲み干した。空《から》になったグラスへ、昴也が新たにシャンパンを注《つ》ぎ足す。

「もしそれを公私混同と非難する者がいれば、その批判は甘んじて受ける。だが、そのワガママを周囲に認めさせるだけ、この先の人生の多くを会社に捧げる覚悟だ」

迷いのない昴也の口調に、彼の覚悟と比奈への深い愛情を感じた。

その言葉だけで十分だと、比奈は首を横に振る。

「二人が私の知らないところで会っていたことに驚いて、少し気持ちがモヤモヤしただけです。だから、このまま芦田谷さんの引き抜きを……」

「その話はもう終わった」

比奈が言うより早く、昂也がキスでその唇を塞《ふさ》ぐ。

このまま優しく慈愛に満ちた口付けを受け入れて、比奈がなにも言わずにいれば、昂也と寿々花の縁は切れるだろう。

その方が、比奈は安心していられるし、好きな人の深い愛情に浸《ひた》って幸せに日々を過ごせると思う。

だけど、なにか不安がある度に、昂也にそれを取り除いてもらうのは間違っている。

一緒に戦うと言っておいて、彼の優しさに救われ続けるような関係でいいわけがない。

——楽をしたくて、この人を選んだわけじゃない。

彼を支えられる自分でいたいと、比奈はグッと奥歯を噛みしめ、昂也をまっすぐに見上げた。

「私は、自分のために昂也さんの世界を狭めて欲しくありません」

「……」

「私が芦田谷さんをお見合いの相手に選んだのは、芦田谷さんが、家柄も人間性も優れていると思ったからです。昂也さんが幸せになれるようにって、本気で選んだ人なんです」

「それは、どうも」

どう反応すればいいかわからないといった様子で昂也が返す。

比奈は自分の中にある気持ちを彼にぶつける。

「昂也さんが私を相手として選んでくれたのなら、私は自分で、貴方に相応《ふさわ》しい人間になる努力をしなくてはいけないんです。だから芦田谷さんの話は、このまま進めてください」

きっと昂也は、これからも比奈が不安になる度に、自分の意思を曲げて対処しようとするだろう。

だけど、彼が好きだからこそ、どちらかが我慢する幸せに満足する人間にはなりたくない。

「ありがとう。だがオレとしては、比奈を不安にさせるくらいなら……」

「きっと不安になります」

迷いなく即答する比奈に、昂也が驚いた顔で目を瞬《また》かせた。

比奈はそのまま言葉を続ける。

「絶対に不安になることはあると思います。でも、その度に、ちゃんと昂也さんにそれを伝えます。だから昂也さんは、私を安心させてください。昂也さんに好きだと言ってもらえれば、それだけで私は安心できます」

昂也がこんな自分でも好きだと言ってくれるなら。比奈の抱える不安ごと受け入れて、愛してくれるというなら、それだけで強くなれる気がする。

「わかった」

ホッと息を吐いた昂也が、愛おしげに「よかった」と、呟いた。

「よかった?」

比奈が不思議そうな顔をする中、昂也は自分の分のグラスを空《から》にしてテーブルに置いた。

「比奈が嫉妬してくれたことが嬉しいんだ。強引に口説《くど》き落とした自覚があるから、オレだけが自分を保てないくらいお前を好きなのかと思ってたからな」

昂也がそんなふうに感じていたなんて、思ってもみなかった。

「そんなこと……」

あるわけがない。

確かに最初は、昂也は上司で比奈とは生きてきた環境もなにもかも違っていて、戸惑っていたのだ。だけど、比奈だって昂也を深く愛している。

「愛してます」

はっきりと愛を告げる比奈に、微笑んだ昂也が愛おしげに囁《ささや》く。

「よかったよ」

そっと比奈に口付けをする昂也は、比奈のグラスを取り上げテーブルに置いた。

そのまま、比奈の唇を塞《ふさ》いだ。

「……んっ……ふぅっ」

さっきまでの愛情を確認するような優しい口付けとは違う、欲望を隠さない激しい口付けに、あっという間に比奈の息が乱れる。

下手《へた》をすると、このままリビングで昂也と抱き合うことになってしまう。

「ちょっ、駄目……っ」

比奈は切なく息を漏らしながら昂也との距離を取ろうとするが、彼の腕にしっかりと腰を捕らえられていて叶わない。

昂也はもう一方の手で比奈の顎《あご》を掴み、再び唇を求めてくる。

駄目だと思っても、愛する人に求められる喜びに理性が負け、トロリと比奈の瞼《まぶた》が下がった。

うっとりと瞼《まぶた》を伏せ昂也の唇を受け止めていると、熱を帯びた彼の舌が比奈の唇を割って口内へ侵入してくる。

「ふぅ……ぅっ……っ」

厚みのある昂也の舌が、別の生き物みたいに比奈の歯茎や舌を撫でていく。頬を内側から撫でられる感触に、比奈の喉がヒクリと震えた。

昂也は溢《あふ》れそうになる唾液を啜《すす》るように、互いの舌を絡め合わせる。

その貪《むさぼ》るみたいな口付けに、息をするのもままならない。

「……んぅ……はぁっぁぁ……駄目ですっ。シャワー……浴びさせてください」

次第にいやらしさを増す口付けに翻弄《ほんろう》されていた比奈は、ギリギリのところで理性を取り戻し、昂也の胸を強く押した。

このまま昂也の情熱に身を任せていたら、間違いなくここで行為に至ることになるだろう。だが、肌を重ねるだけでもまだ恥ずかしいのだから、さすがに勘弁して欲しい。

「シャワー浴びたい？」

仕方なく唇を離した昂也は、唾液に濡れた比奈の唇を指で拭《ぬぐ》いつつ確認してくる。

「……はい」

この場での行為から逃れたいのもあるけれど、一日外で仕事をしてきた汗や埃《ほこり》を洗い流したいというのが本音だ。

素直に頷く比奈だが、欲望を隠さない昂也の眼差しに居心地の悪さを感じてしまう。

そんな比奈の戸惑いを楽しんでいるのか、昂也が悪戯《いたずら》を思いついたような顔で笑った。

「じゃあ、オレが洗ってやろう」

「ええ？」

昂也の提案に、比奈が悲鳴に近い声を漏らす。

肌を重ねた仲で今さらと思われるかもしれないが、恥ずかしいものは恥ずかしい。

遠慮しますと、首を横に振る比奈の手首を掴まえて、昂也がソファーから立ち上がる。

「ひ、一人で洗えますっ」

比奈は彼の手から逃れようと必死に首を横に振った。

昂也にはまったく自覚がないのかもしれないが、彼は芸術的に美しい容姿の持ち主なのだ。それは顔だけでなく、しっかりと鍛《きた》えられた均整の取れた体躯《たいく》も同様である。

自分はといえば、恋愛経験が豊富なわけではないし、容姿にだって特別自信があるわけでもない。

これまで数多《あまた》の魅力的な女性と情事を重ねてきた経験豊富な彼に、自分の裸を見られるだけでも恥ずかしいのに、その上洗ってもらうなんて比奈にとっては拷問《ごうもん》でしかない。

「オレもシャワーを浴びたい」

「お先にどうぞ」

焦って返す比奈は、昂也に掴まれていない方の腕でソファーの肘掛けにしがみつく。

必死な比奈の姿に昂也がため息を漏らし、手を離してくれた。

――よかった、諦めてくれた……

安堵した比奈が肘掛けから手を離したのを見計らったように、昂也の腕が比奈の体の下に滑り込んできて一気に抱き上げられる。

「――キャッ！」

突然の浮遊感に、比奈が小さな悲鳴を上げた。

落ちるかもしれないという恐怖から、比奈は自分を抱き上げる昂也の首にしがみつく。

すると、昂也が比奈の頬に口付けをした。

「隅々までオレが洗ってやろう」

その言葉に弾かれたように比奈が顔を上げると、欲望を隠さない昂也と目が合った。

気品に満ちた美しさと野性味を併せ持つ昂也の表情に、魅了されてしまう。

――ずるい……

昂也にこんな顔で求められて、拒《こば》めるわけがない。

「いい子だ」

比奈がおとなしくなると、昂也が額《ひたい》に口付けをして歩き出した。

バスルーム手前の洗面所まで比奈を運んだ昂也は、洗面台に比奈を座らせた。

「……っ」

比奈が緊張して黙り込んでいると、昂也は比奈の体の両端に手をついて、彼女の耳元に顔を寄せる。

「自分で脱いで」

「――えっ」

昂也と一緒にシャワーを浴びるだけでも恥ずかしいのに、彼の前で自分から服を脱ぐなんて。

羞恥《しゅうち》で頬を赤らめる比奈を楽しむように、昂也が顔を覗《のぞ》き込んでくる。

「オレが脱がすと、我慢できなくなるかもしれないけどいい？」

その言葉に、比奈の緊張が増す。

「い……意地悪です……っ」

比奈がか細い声でなじる。けれど、昂也にとってはその声さえも甘美に聞こえるのか、嬉しそうに口元を緩《ゆる》ませる。

「ああ。虐《いじ》めているからな」

「え……っ」

想定外の返答に、比奈が目を見開く。

「比奈の困っている顔は、そそる」

そう囁《ささや》きながら、昂也は餓《う》えた獣のような眼差しを向けてくる。

常に完璧で泰然《たいぜん》とした存在に思える昂也が、こんなにも強く比奈を欲しているという状況に息苦しさを感じる。

昂也はクニハラの王子様の名に恥じぬ存在感の持ち主だ。そんな彼から恋人として熱い眼差しを向けられるだけでも落ち着かないのに、こういう時の彼は普段の存在感に加え妖艶《ようえん》さを纏《まと》うから、比奈の心だけでなく体の奥まで疼《うず》かせる。

体の奥で羞恥心《しゅうちしん》とは別の感情が湧き上がり、比奈は無意識に腰をもぞりと動かした。

「見ているから、自分で脱いで」

比奈に顔を寄せた昂也は、吐息で肌を刺激しながら命じる。

人を屈服させることに慣れた昂也の声は、比奈の耳に絶対的なものとして響く。

すぐ側にいる彼の体温が、比奈の肌をチリチリと焦がした。

「えっと……」

「まずは、ボタンを外して」

「はい」

命じられるまま、比奈は自分のブラウスのボタンを外していく。

手首のボタンまで外し終えると、昂也が比奈の肩を撫でてブラウスを滑り落とした。

そうして、露《あら》わになった比奈の首筋に舌を這《は》わせる。

さっきまで感じていた羞恥心《しゅうちしん》は、ねっとりとした昂也の舌の熱に蕩《とろ》けていった。

「っ……んぅっ」

緊張している肌を刺激され、小さな喘《あえ》ぎ声を漏らしてしまう。

そんな比奈を窘《たしな》めるように、昂也は比奈の耳朶《じだ》を甘噛みして命じる。

「次はインナーとブラジャー」

今の比奈に、彼の命令を拒《こば》めるわけがない。

比奈は昂也に命じられるまま、インナーを脱ぎブラジャーのホックを外した。昂也がブラジャーの肩紐を外して体から取り去る。

そうしながら露《あら》わになった比奈の両乳房を下から掬《すく》い上げるように持ち上げ、チュッチュッと、いやらしい音を立てて先端を吸う。

耳と肌で昂也を感じさせられ、比奈の背中がぞくぞく震えた。

「ん……っ…………ふぁっ」

比奈が無意識に甘い声を漏らす。昂也はやわやわと胸を揉みしだきながら、指の隙間から顔を出す胸の頂《いただき》を舌でちろちろと舐《ねぶ》ってくる。

熱く湿った昂也の舌で、硬く敏感になっている乳首を転がされる刺激に、比奈は思わず背中を仰《の》け反《ぞ》らせる。自然と、彼に胸を突き出すような姿勢になってしまった。

昂也は片腕を比奈の背中に回し、さらに淫《みだ》らに舌を動かしてくる。

くちゅくちゅと唾液を絡めるみたいに、昂也の舌が乳房の上を這《は》う。

「あんっ……やぁあっはぁっ」

執拗《しつよう》な胸への愛撫《あいぶ》に比奈の手足がビクビクと跳ね、体の奥が潤《うるお》うのを感じた。

もどかしいくらいの切なさに、スカートがはだけるのも構わず、脚を昂也の腰に絡める。

「残りも早く脱いで」

欲望を隠さない昂也が、比奈の乳房に舌を這《は》わせながら命じる。

「……っ」

比奈がコクリと首を動かす。

さっきまで恥ずかしくて仕方がなかったはずなのに、今は早く昂也に触って欲しくて堪《たま》らない。

スカートのファスナーを下ろし、両手を洗面台について腰を浮かすと、昂也がスカートを脱がせてくれた。そのままストッキングとショーツも脱がされ、比奈の肌を隠すものはなくなる。

大理石の冷たさを臀部《でんぶ》で直《じか》に感じ、もぞりと体を動かす。

昂也はそんな比奈の手首を掴んで、自分の方へと引き寄せた。

「今度はオレのを脱がして」

「ほんとに、意地悪です……」

そうなじってみても、昂也の命令を拒否できない。

比奈は昂也の胸元に手を伸ばし、求められるままワイシャツのボタンを外していく。

角度によって違った光沢《こうたく》を見せる貝ボタンを外すと、昂也はワイシャツを脱ぐ。引き締まった筋肉質な上半身を晒《さら》した昂也は、比奈の手を自分の下半身へと誘導した。

「……あっ」

ズボン越しに、彼の興奮をはっきりと感じた。

硬く膨張した昂也の存在感に、自分が求められているのだと実感する。

無意識にこくりと喉が鳴った。

比奈は震える手で昂也のベルトを外し、ズボンのファスナーを下ろしていく。

赤黒く脈打つ昂也のものを目の当《ま》たりにし、息を呑んだ。

――本当に体を洗われるだけで済むだろうか……。

比奈が緊張で固まっていると、自分で残りの衣類を脱ぎ捨てた昂也に手を引かれ、バスルームへ連れて行かれる。

白の大理石を基調とした広いバスルームは、床暖房が施《ほどこ》されているのか足の裏が温かい。

周囲の視線を気にする必要のないタワーマンションの最上階にあるバスルームは、浴槽から都内の夜景を見下ろすことができる。

「……っ」

昂也と一緒という状況に、身の置き場がわからず戸惑う比奈の手を引き、昂也がシャワーの下に彼女を立たせる。

「オレが洗うから、比奈はじっとしていればいい」

昂也は、比奈を後ろから抱きしめるようにして立つと、シャワーヘッドを手に取りバルブを捻《ひね》る。

「——っ」

お湯が肌を打つ刺激に、一瞬、緊張する。

昂也はひとしきり比奈の体を温かなお湯で濡らすと、シャワーヘッドをもとの位置に戻し、手のひらでボディーソープを泡立てていく。

「どこから洗って欲しい？」

からかうような口調で尋ねながら、昂也の手が比奈の乳房に触れる。

胸の形が変わるほど強く乳房を掴まれるが、ボディーソープのついた指はスルリと滑り、比奈の胸から離れていく。離れる瞬間、指と指の間に挟まれた乳首が引っ張られジンと痺《しび》れた。

その動作を何度も繰り返されて、比奈の体から力が抜けていく。

胸への愛撫《あいぶ》に脱力しかける比奈を、昂也が腰に腕を回して支えてくれた。

彼は胸を弄《いじ》っていた手で、比奈の秘所に触れる。

「ああ、すごくヌルヌルしている」

昂也が、吐息まじりに耳元で囁《ささや》く。

「……やっ」

恥ずかしさから咄嗟《とっさ》に背中を丸めるけれど、腰をしっかり掴まれた状態では逃げられない。逆に、お尻で昂也の興奮した熱い昂《たかぶ》りの存在を感じてしまう。

泡のついた指で閉じた花弁を押し広げられた。愛液で濡れる膣口でバスルームの湿度を感じ、それだけで淫《みだ》らな気持ちが煽《あお》られる。

「そんなにもぞもぞ動かれると、綺麗に洗えないよ」

耳元に唇をつけて囁《ささや》く昂也は、人差し指を膣の中へ沈めてきた。

泡と蜜で滑る指は、しとどに蜜を滴《したた》らせている膣内へなんの抵抗もなく進んでゆく。

「あぁっ」

昂也の指が入ってくる感触に、比奈が甘い声をバスルームに響かせた。

「感じる？」

比奈の耳朶《じだ》を甘く噛んだ昂也は、返事を待つことなく中で孤を描くように指を動かす。

くちゅくちゅと中を掻き回され、比奈が悦楽に背中を震わせた。

「……うはぁあっ……っ……ッ」

あえかな声を漏らし身悶《みもだ》える比奈の中に、昂也がもう一本指を増やす。

媚肉を揉むように中でバラバラに動かされる。彼の指は、比奈の感じる場所を的確に探り当て、より深く沈んできた。

その刺激に比奈の膣がヒクヒクと疼《うず》き、腰が震える。

昂也は淫靡《いんび》な音をバスルームに響かせながら、比奈をさらに甘く刺激していく。

彼の指が震える媚肉を押し広げ、敏感になった肉芽を弄《いじ》る。

「あぁっ！」

突然の強い刺激に、ビクンと体が跳ねた。しかし、さらなる刺激を求めて彼の指にそれを押し付けてしまう。

「はぁぁあっ、あっ……っぁぁ……んんぁっ」

肉芽と同時に最奥《さいおう》を指で抉《えぐ》られて、比奈は恥も外聞もなく甘い声を上げ続ける。

その声に煽《あお》られるように、昂也がさらに激しく比奈を攻め立て、絶頂へと押し上げていった。

「やっ、駄目ッ！」

悲鳴に近い声を上げて達した比奈は、脱力してその場に崩れ落ちそうになる。

昂也の逞《たくま》しい腕に腰を支えられつつ、前傾姿勢でボディーソープなどが置かれた棚にしがみつくのがやっとだ。

昂也は比奈の上体を起こし、彼女の臀部《でんぶ》に自分の腰を押し付ける。

そうしながら、ぬめる指で熱く熟した肉芽を嬲《なぶ》り始めた。自然と比奈の腰が震えてしまい、計らずも股の間で昂也のものを擦る形になる。

「あぁぁあ……ぁあっやぁ………ぁっ。当たるの」

挿入まではいかないが、ボディーソープの泡でぬめる彼の昂《たかぶ》りが、比奈の媚肉の割れ目に沿って動く。

昂也が少しでも角度を変えれば、比奈の中に入ってくるかもしれないという緊張感を与えた。

「あぁ……ぁっっ！　駄目っ、入っちゃうっ」

このまましいつ貫かれるかわからないという緊張からか、いつも以上に敏感になっている気がする。

「大丈夫。そんなことはしない」

宥《なだ》めるように優しく囁《ささや》く昂也は、比奈の全身に手を這《は》わせてきた。

ボディーソープの滑りを利用して愛撫《あいぶ》を続ける昂也は、達したばかりの比奈の肉芽を執拗《しつよう》に虐《いじ》めてくる。

その刺激に、再び体の奥から甘い痺《しび》れが湧き上がってきて、比奈の膝から力が抜けていく。

「もう無理……許して……っ」

比奈はその場にへなへなと崩れ落ちた。

床にへたりと座り込む比奈が、振り返って背後の昂也を見上げると、自然と彼の陰茎が視界に飛び込んでくる。

咄嗟《とっさ》に比奈が視線を落とすと、昂也が比奈の手を取り、自分のものを握らせてきた。

「――あっ」

手のひらで、彼の膨張した肉棒の熱を感じる。

その熱に緊張した比奈が手に力を入れると、昂也のものがドクリと脈打つ。

昂也は比奈の手を外側から自分の手で包み込み、しっかりと性器を握らせる。

「ベッドまで我慢できない。比奈が手でしてくれ」

比奈を見下ろす昂也が、命じてくる。

「ここで……？」

戸惑いつつ確認する比奈に、昂也が選択を迫る。

「嫌ならベッドまで我慢するけど、その分、激しくしていい？」

そう言いながら、昂也はシャワーの湯で自分と比奈の体についた泡を流していく。

「……えっ……っ」

散々高められふやけた体は、立つこともままならない状況だ。

今の状態で、激しくされたらどうなってしまうか……

究極の選択を迫られた比奈は、迷った末に性器を握る手をそっと動かしてみる。

躊躇《ためら》いがちに手を前後に動かすと、はち切れそうな昂也の雄の造形をリアルに感じた。

「くっッ」

比奈の手の動きに、昂也が熱い息を吐く。

熱く猛々《たけだけ》しい昂也の大きさを意識して、ごくりと唾を呑み込んだ。

「もっと手を動かして。……それともここで挿《い》れていい？」

「……っ」

思わず首を横に振る。

比奈は彼に向き直り、昂也のものを高め始めた。

比奈の手の動きに反応して昂也が眉を寄せ、腹筋に力が入ったのがわかる。

今まで散々比奈を翻弄《ほんろう》してきた昂也が、比奈の手の動きに素直な反応を示す。そのことが、比奈に奇妙な喜びを与えた。

昂也にもっと気持ちよくなって欲しくて、比奈は積極的に手を動かす。

比奈の手の中で、昂也のいきり立ったものがピクピクと跳ねる。

しばらく比奈の愛撫《あいぶ》に身を任せていた昂也は、立っているのが気怠《けだる》くなったのかバスタブの端に腰を下ろした。

大きく股を広げて座った昂也が、腕を伸ばして比奈の唇を意味ありげに撫でる。

「嫌？」

唇を指でなぞりながら、昂也はねだるような視線を比奈に向けた。

彼がなにを求めているかわからないほど、比奈も子供ではない。それに、自分の愛撫《あいぶ》で感じる彼の姿をもっと見たいという願望が沸き起こる。

「……いえ」

緊張しつつ彼の脚の間に移動した比奈は、赤黒く欲望を漲《みなぎ》らせる昂也のものを手のひらで包み込む。先端に顔を寄せながら見上げると、微かに息を乱して比奈を見つめる昂也と目が合った。

――昂也さんが、私を求めてる。

そう思うと、比奈の胸が喜びで大きく跳ねる。

「んっ……」

比奈は舌を伸ばして、興奮で硬く張り詰めた昂也のものを舐《な》めた。

じわりと汁を滲《にじ》ませる亀頭の先端に舌を這《は》わせると、手の中で肉棒が跳ねる。

比奈の舌に素直に反応する昂也のものは、別の生き物のように熱く脈打っていた。

柔らかく伸びのある包皮を撫でながら、そっと先端を口に含むと、昂也の体がビクッとする。

いつも悠然と構えている昂也が、自分の与える刺激に敏感な反応を示す。それに喜びを感じた比奈は、大きく口を開き、硬く膨張した昂也のものを咥《くわ》え込んだ。

酷く熱いそれを口いっぱいに含むと、彼の匂いを強く感じる。

「…………んっンッ……くぅっ……」

歯を立てないように気を付けて、唇と舌で彼のものを擦る。そうしながら、感じるところを探して舌を絡めたり強く吸ったりした。

彼の反応が気になり、上目遣いで見上げると、恍惚《こうこつ》とした表情を浮かべる彼と目が合う。

「気持ちいいよ」

褒《ほ》めるように昂也が、比奈の髪をクシャリと撫でる。

それに気をよくして、比奈は必死に口を動かし昂也の欲望を高めていった。

唾液を潤滑油《じゅんかつゆ》にし、唇で彼のものをしごく。そうしながら舌を這《は》わせると、いやらしい水音がバスルームに響いた。その音に、不思議と比奈の体も疼《うず》いてくる。

自分の行為で感じる昂也に、こちらも感じてしまう。

比奈は疼《うず》き始めた体を無意識にもじもじさせながら、昂也の昂《たかぶ》りに丁寧に舌を這《は》わせた。

「クッ！」

そのまま懸命に口を動かし彼の欲望を煽《あお》っていくと、昂也が比奈の後頭部を掴んで苦しげな息を吐く。次の瞬間、昂也のものが比奈の口内で爆《は》ぜた。

塩気を含んだ独特な味と、噎《む》せ返るほどの昂也の匂いに酔う。

小さく咳き込んだ比奈に、昂也が焦った様子で比奈に口をすすぐよう勧めてくれた。

比奈がうがいを済ませると、昂也が比奈の顎《あご》を持ち上げ口付けてくる。

「愛してる」

囁《ささや》かれた声が優しくて、彼が自分をどれだけ愛してくれているのかわかる。

「私もです」

比奈も、自分の愛情を込めて返す。

微笑んだ昂也が比奈に口付けしようと腰を屈《かが》めるが、それより一瞬速く比奈から昂也に口付けた。

唇が触れるだけの短い口付けに、昂也が満足げに頷いた。


「比奈さえよければ、芦田谷家のパーティーに一緒に行かないか？」

パウダールームで比奈の体を拭《ふ》く昂也が、今思いついたといった感じで言う。

「えっ？」

甘い香りがする純白のバスタオルの肌触りに気を取られていた比奈は、不意の提案に驚きを隠せない。そんな比奈に、昂也が名案といった感じで続ける。

「比奈と芦田谷さんは知らない仲じゃないし。招待状の文面にも恋人や家族同伴で構わないと書かれていた。比奈との関係を公表するのにちょうどいい場所だと思うが、どうだろう？」

「公表……」

その言葉に、にわかにプレッシャーを感じてしまう。

「無理ならいい。気にしないでくれ」

比奈の緊張を読み取った昴也が、優しく微笑んでくれる。

昴也は誰より、二人の関係を公表する重みを知っているはずだ。そんな昴也が、自分にその言葉を伝えてきたことに、彼の覚悟を感じる。

そんな比奈の推測を裏付けるように、昴也が言う。

「オレは最初からクニハラを背負う覚悟で生きてきたけど、比奈は違う。自分で人生を選ぶ権利を持っている。急いで二人の関係を公表して、余計なプレッシャーを背負う必要はない」

昴也の気遣いに、逆に比奈の心が固まる。

「行きます」

「よかった」

比奈の返事に、昴也が安堵の息を漏らした。

「オレは、この先も比奈とずっと一緒にいたいと思っている。その気持ちを隠すつもりもない」

——昴也がそんな言葉を口にするなんて……

数ヶ月前の彼からは、想像もしていなかった。

昴也だけじゃない、比奈自身、こんなに誰かを愛おしいと思うことも、激しく男の人を求めたこともなかった。

恋愛をしてこなかったわけじゃないけど、昂也を好きになって、初めて知る感情が幾つもある。

本当に、人生はどうなるかわからない。

そんなことを思っていると、昂也が比奈の体を拭《ふ》いていたバスタオルを、ふわりと彼女の頭に被せてきた。

「覚えておいて。オレの思いは決まっている。比奈が望めば、オレの全てを捧げるよ」

そう話す昂也の指が、比奈の左手薬指を撫でた。

全ての決定権は比奈にあると言外に昂也が告げている。

一方的に口説《くど》いている時は強気で結婚を迫っていた昂也だが、二人の関係が深まり、その可能性に現実味が生まれてくると、比奈の精神的負担が気にかかるのだろう。

さすがにその覚悟を決めるには、もう少し時間がかかりそうだ。

「世界で一番愛しています」

その気持ちには微塵《みじん》の嘘もないと、昂也の目をまっすぐ見つめて比奈が言う。

「今はそれだけで十分だ」

比奈の言葉に、昂也が優しく口付けを返した。

7　策略の効果

翌週の月曜日、出社した比奈は周囲を見渡す。

始業時刻までは少し間があり、人の姿がまばらなオフィスに昂也の姿はまだない。

――いつも比奈より先に出社しているのに……

微かな違和感を覚えつつも、朝の支度をしていると比奈のスマホが鳴った。

見ると、昂也からの着信だ。

「小泉、もう出社しているか？」

開口一番そう問いかけられ、昂也が完全な仕事モードに切り替わっているのを悟る。

金曜の夜は昂也のマンションに泊まり、週末はずっと彼と過ごした。その間、ずっと比奈と呼ばれていたのだが、苗字で呼ばれたことで比奈の頭も仕事モードに切り替わる。

「はい。出社しています」

落ち着いた声で返す比奈の耳に、昂也が重いため息を吐く気配が届く。

なにかよくないことがあったのだろうかと考えていると、昂也が比奈に専務の執務室まで来るように指示してきた。

専務の執務室と言われて、咄嗟《とっさ》に丹野の顔が思い浮かぶ。

金曜日、昂也に釘を刺されて蒼白な顔をしていた丹野だが、プライドの高い彼女のことだ。このままおとなしくなるとは思えない……

そんなことを考えると気が重くなるが、呼ばれた以上、行かないわけにはいかない。

比奈は今すぐ向かうと伝えて電話を切った。


比奈が専務の執務室を訪れると、丹野が出迎えてくれた。

彼女は以前と変わらず自信に満ち溢《あふ》れた強気な表情をしている。

金曜日のことなどなかったかのように、艶《あで》やかで挑戦的な微笑みを向けてきた。

そんな彼女に、何故か背筋に冷たいものが走る。

「専務がお待ちです」

丹野はいつもみたいに嫌味を言うことなく、恭《うやうや》しく比奈を中へと案内した。

彼女に続いて執務室に入ると、書類を片手にデスクに座る幹彦のかたわらに、昂也が起立している。その表情は、どちらも厳しい。

「お呼びでしょうか」

二人の空気につられて、比奈は緊張しつつ頭を下げる。

「こちらへ……」

幹彦が比奈を手招きした。

そうしながら、丹野に飲み物の準備は必要ないと告げ退室させる。

その態度からも、ただならぬ状況なのだとわかった。

「なにかあったんでしょうか？」

緊張して尋ねる比奈に、幹彦が重々しく口を開いた。

「君は、芦田谷寿々花氏と面識があり、近く芦田谷家主催のパーティーが開かれることを承知していたな？」

「はい」

金曜日に、ここでその話をした。もちろん覚えている。

すると幹彦がため息を吐いて眉間《みけん》を揉む。

チラリと昂也へ視線を向けると、彼は難しい顔をしたままだ。

「実は芦田谷会長のもとに、パーティーの中止を求める脅迫メールが届いたそうだ。中止しないと、娘の寿々花氏に危害を加えるという内容だったらしい」

「そんなっ！」

予想外の話に驚く比奈に、幹彦が厳しい表情で続ける。

「芦田谷会長は、速やかに警察へ被害届けを出すと共に、自身が持つネットワークを駆使して、メールの発信者を調べさせた。……その結果、判明したアドレスが、これだ」

そう言いながら、幹彦が手にしていた書類を差し出す。

経由したサーバーの国籍や経路が丁寧に記載された書類の下の方に、判明したアドレスも記載されていた。そのアドレスを目にした比奈が、目を見開く。

アットマークの後にクニハラの綴《つづ》りが続くそのアドレスは、比奈の業務用のアドレスだった。

「私じゃありませんっ！」

寿々花と昂也が会っていることで、心がざわついたのは事実だが、そんな理由で人を脅迫したりしないし、わざわざ海外サーバーを経由して脅迫メールなんて送るわけがない。

その言葉に嘘がないかを確かめるように、混乱する比奈の顔を幹彦がじっと見つめる。

「こちらとしても、それを信じたい」

厳しい表情で頷く幹彦が、眉間《みけん》を揉みながら付け足す。

「会社のアドレスが犯罪に使用されただけでも問題だが、相手が面倒だ。芦田谷会長は最初、この件を大々的に公表して刑事責任を追及すると共に、ウチを糾弾すると息巻いてた……」

その言葉を聞いて、比奈がハッと息を呑む。

芦田谷会長は、自《みずか》らの手で捜査すると同時に、警察に被害届けを出したと話していた。

ということは、比奈は今、脅迫メールを出した容疑者ということになる。

不安な表情を見せる比奈に、昂也が声をかけた。

「小泉君のアドレスが使われたことを知った寿々花氏が、『友達同士の悪ふざけで、ただの冗談だった』と、芦田谷会長を説《と》き伏せ、警察への被害届けは取り下げられた」

「……芦田谷さんが？」

昂也との見合いをセッティングする際に何度かと、その後の謝罪で会ったが、寿々花との関係はその程度だ。

おそらく寿々花が被害届けを取り下げてくれたのは、昂也を思ってのことだろう。

比奈がそんなことを思っていると、幹彦が昂也に厳しい視線を向ける。

「だが芦田谷会長は、完全に納得したわけではない。悪戯《いたずら》だというなら、会社のアドレスを使用し、自分のもとにそんなメールを送った意図を説明しろと言ってきている」

寿々花の要望を受けて被害届けは取り下げたが、その代わり、昂也たちに警察がすべき仕事をするよう求めているのだ。

「もとよりこちらも、ほうっておくつもりはない」

そう返す昂也の顔は、確実に怒っている。

「メールの送信時刻は、金曜の夕方。君が息子と共にこの部屋を訪れ、私からパーティーの話を聞いた後だ」

「夕方……金曜日は、七時近くまで仕事をして帰りました。その日の午後は、國原部長が面談する予定の方とのスケジュール調整の電話が主で、その間パソコンは使用していません」

電話をした相手に確認してくれればわかるはずと、その人物の名前を挙げる比奈に、幹彦が首を横に振る。

「電話では、相手に君がなにをしているか見えないだろう」

だがそれを言えば、同じオフィスにいる人間でも、他者がパソコンを起動させているか、どんな画面を開いているかまで注意して見ていない。比奈の無実を証明してくれる人は、探しても見つからないということだ。

「ウチのシステム上、社員番号とパスワードを入力すれば、どの端末からも簡単にログインできて同じ操作ができる。つまり、君以外の者が送ったという可能性もあるが、人目につかない場所で君が送ったということもあり得る」

「でも、私じゃありません」

「彼女は、そんなことしません」

断言する比奈に重ねるように、昴也もそう言う。

苛立った声を出す昴也を、幹彦が宥《なだ》める。

「部下を思う気持ちはわかるが、感情的になるな。正しいことを正しいと騒ぐだけでは、ことは解決しない。そんなことぐらい、お前にもわかっているだろう？」

「ですが……」

なにかを言いかけて、昂也が黙り込む。

「とにかく我々は、一刻も早く犯人を見つけ出す必要がある。アカウントの管理は？」

「会社の規定のとおりです」

比奈は即答する。

社員番号と一緒に入力するパスワードは、他人に教えることなく定期的に更新している。

顎《あご》を擦《さす》りながらしばらく悩んでいた幹彦が、口を開いた。

「悪いが、この件が解決するまで君には出社を控えてもらいたい」

「彼女は無実の被害者だっ！」

昂也はあり得ないと怒るが、幹彦は冷静だ。

「そう断言してやれるだけの材料がない以上、彼女は有力な容疑者だ。小泉君のアドレスが使用された上、彼女は芦田谷寿々花氏と面識がある。そして、芦田谷家で開催されるパーティーのことも知っていた。私は、お前たち二人以外の社員にその話をしていない」

比奈を容疑者と思うには、十分な証拠が揃っている。

「しかし……」

昂也がなにか言おうとするが、それを阻《はば》むように幹彦が続ける。

「それにアカウントが悪用されたということは、彼女の管理にも問題があった可能性がある」

「わかりました。専務の指示に従います」

比奈としても不本意だが、容疑をかけられている自分がこのまま出社していては芦田谷会長に示しがつかないのだろう。

「溜まった有給を堂々と使わせていただきます」

不満げな顔をしている昂也にそう言って微笑む。

すると昂也は、ため息まじりに納得の姿勢を見せた。

「わかった」

首筋を掻く昂也が、真剣な表情で比奈を見る。

「一刻も早く犯人を捜し出し、小泉君の容疑を晴らす」

「よろしくお願いいたします」

そう言って頭を下げた比奈が執務室を出ると、自分専用のブースで仕事をしていたらしい丹野が顔を上げた。

左手で耳を押さえ、無表情でデスクに向かっていた丹野は、比奈と目が合った瞬間、意地の悪い笑みを浮かべる。

色白で整った面立ちをしている分、悪意に満ちた笑みの禍々《まがまが》しさが際立つ。

そんな彼女の唇が、「ザマアミロ」と、動いた。

「……っ！」

その瞬間、この件の犯人が誰なのかわかった。

しかし、なんの証拠もない。

丹野も、それを承知しているから笑っているのだろう。

怒りや憤《いきどお》りといった感情が一気に湧き上がり、身動きできずにいると背後の扉が開き昂也が姿を見せた。

「下まで一緒に行く」

昂也の姿が見えた途端、丹野の表情に華やかな色味が宿る。

その豹変ぶりを目《ま》の当たりにし、比奈が奥歯を強く噛みしめた。

「……」

——こんなこと、許されていいわけがない。

いくら比奈が気に入らないからといって、こんなことをしでかしておいて、涼しい顔をする丹野に怒りが抑えられない。

「小泉？」

昂也が心配そうな表情で比奈の顔を覗《のぞ》き込む。

「なんでもないです。帰ります」

昂也の優しい声に幾分冷静さを取り戻した比奈は、丹野に軽く頭を下げその場を離れた。

「犯人、丹野さんだと思います」

エレベーターに乗るなり、比奈が口を開いた。

すると、昂也も承知していると言いたげに頷き返してくる。

「オレもそう思う。そしてたぶん、親父もその可能性については考えている」

「——えっ？」

昂也はともかく、幹彦まで丹野を疑っているということに驚く。

そんな比奈の表情に、小さくため息を吐いて昂也が言う。

「親父も以前から、丹野君とそりが合わない社員がすぐに辞めてしまうことには気付いていたらしい。ただ表立って問題を起こしていない以上、会社として丹野君を追及することはできないし、降格することもできない。仕事面だけで評価すれば、彼女に問題はないから切ることも難しいと言っていた」

経営側の人間として、その意見は正しいのだろう。

そうは思うが納得しきれない表情を見せる比奈に、昂也が続ける。

「ただオレは、他人を愛せるということも、仕事のスキルの一つだと思っている」

「……？」

「たとえば、比奈は自分の幸せだけでなくオレや周囲の幸せも考えて、あれこれ騒動を起こしたわけだろう？」

「騒動って……」

苦い顔をする比奈を笑いつつ、昂也は続ける。

「他人を愛せない奴は、自分の利益しか考えない。自分の都合だけを優先して行動するから、周りが見えなくなってしまう。だけど比奈のように、他人の幸せを考えられる人間は、誰かを幸せにするために考えを巡《めぐ》らせて行動する。結果、その思いや情熱が、仕事を動かすことに繋がっているとオレは思う」

寿々花との見合いの一件がバレた時、昂也があまり厳しく比奈を叱らなかったのは、そう思ってくれていたからなのだろう。

「オレとしては、好きになれるかどうかは別として、利己的な人間もそれはそれでいいと思っていた。だがこれは、オレの許容範囲を超えている」

昂也は、自分が嫌いなもの全てを排除した退屈な世界に生きる気はないと話していた。だが、気に入らない人間を貶《おとし》めるために、会社のアドレスを使って、取引のある企業に脅迫メールを送るなんて、常識を逸脱している。

昴也が怒りを堪《こら》えるように握り拳《こぶし》を作る。そのタイミングで、エレベーターが部署のある階に着いた。

「彼女を、このままにしておくわけにはいかない」

昴也は、そう断言してエレベーターを降りた。

一緒に部署に戻り、必要な書類に記入して帰り支度を始める。そんな比奈に、同僚が彼女の不在中に受付から預かった言付けを記したメモを渡す。

それによると、比奈に来客があり、近くのカフェで待っているので戻ったら連絡が欲しいとのことだった。

予定されていない来客に怪訝《けげん》な顔をする比奈は、来訪者の名前を見て思わず声を漏らす。

「芦田谷さん!?」

その名前に比奈だけでなく、昴也までもが反応する。

昴也への来客ではないのかと確認したが、確かに比奈を訪ねて来たという。比奈は急いで寿々花の待つカフェに向かった。

◇◇◇

寿々花が指定したカフェに行くと、入り口から見つけやすい奥の席に彼女の姿があった。

久しぶりに会う寿々花は、お見合いの時とは異なった美しさに溢《あふ》れている。

あの日の彼女は、比奈のアドバイスをもとに、昂也の好みを意識した装《よそお》いをしていた。でも今日の彼女は、緩《ゆる》いパーマをかけたロングヘアを左側で一つに束ね、メイクも抑えめで、服装もシックなデザインのものとなっている。

でもそのシンプルな装《よそお》いが、しゃんと背筋を伸ばして比奈を待つ彼女の美しさを際立たせている。

意思の強い寿々花の魅力を存分に強調したその装《よそお》いは、彼女が、自分自身が楽しむために選んだものなのだろう。

比奈に気付いた寿々花は、不器用に微笑み合図を送ってくれた。同じ美人でも、丹野の笑みとは違い寿々花の笑みにはホッとする。

「お待たせしました」

席に歩み寄って謝罪する比奈に、寿々花が首を横に振る。

「私の方こそ、突然ごめんなさい。……國原さんもご一緒なんですね」

比奈のかたわらに立つ昂也の姿を見て、寿々花が小さく驚きの表情を浮かべた。ということは、彼女は本当に比奈を訪ねてきたのだろう。

「同席させていただいても？」

「どうぞ。その方が、いいと思います」

寿々花が頷いたので、二人並んで彼女の向かいの席に腰を下ろす。彼女は気遣わしげな表情を二人に向けてくる。

「仕事を抜け出させて、大丈夫だったかしら？　昨日の日曜日でもよかったんだけど、出社して小泉さんが状況を把握してからでないと、無駄に混乱させると思って」

寿々花自身は、研究職のため労働時間に融通《ゆうずう》が利くので問題ないとのことだ。

「仕事は、気にしないでください……」

しばらく休むことになったが、そのことには触れないでおく。

「今回のことですが……」

飲み物を注文し終えた昂也が口を開こうとするが、それを寿々花が制した。

「まず、私は小泉さんを疑っていません」

凛《りん》とよく通る声で、開口一番寿々花が宣言する。

そしてそのまま、理路整然と持論を述べ始めた。

「海外サーバーを経由してメールを送るには、それなりの知識と手間が必要です。正体を隠すために二ヶ国の海外サーバーを経由してメールを送るスキルがあるのであれば、アドレスも使い捨てのものを用意するはずです。それなのに今回、小泉さん個人の業務用アドレスを使用しているのは不自然です。追跡の一手間をかけた後で、小泉さんのものだとわかるように仕向けた、貴女を悪者にしたい誰かの仕業《しわざ》です」

「ああ……」

——さすが理系。

その不自然さに気付いたから、寿々花は比奈を庇《かば》ってくれたのだろうか。そんなことを思う比奈に、寿々花が優しい視線を向ける。

「それに貴女という人間を知っている私からすれば、貴女が犯人だなんて到底思えないわ」

突然、犯人として疑われている状況で、寿々花のその言葉に目頭が熱くなる。

「ありがとうございます」

深く頭を下げる比奈の隣で、昂也も頭を下げ比奈の肩を軽く擦《さす》った。そのやり取りを見ていた寿々花が、そっと視線を落とした。

何気ない二人の仕草で、寿々花を傷付けたのだとわかる。だからといって、ここで比奈が謝るのも、余計に彼女の気持ちを傷付けることになるだろう。

数秒間、気まずい沈黙が流れた後で、最初に口を開いたのは寿々花だった。

「私としては、このままこの件をうやむやにしても構わないのですが、父は企業のトップとして、悪質な脅迫メールを見過ごす気はないと断言しています。小泉さんはアドレスを悪用されただけだとしても、そのメールを送った人間が御社にいる可能性は高いでしょう。私には、企業間でやり取りされたメールについて、強く口出しする権利はないので……」

寿々花が、申し訳なさそうに言う。

彼女の立場では、自分の知人のアドレスが悪事に利用されたと説明して、警察沙汰になるのを避けるのがやっとだったのだろう。

それだけでも十分ありがたい。

「承知しています」

感謝の意味を込めて頭を下げる比奈の隣で、昂也が真剣な面持《おもも》ちで断言する。

その顔を見た寿々花が、それでも念を押すように言う。

「対応を間違えれば、父が合弁会社から撤退すると言い出す可能性もあります」

「……」

もしかすると、それも狙いの一つだったのかもしれない。

脅迫メールを送ることで、比奈を陥《おとし》れると共に、芦田谷とクニハラの関係を悪くすれば、寿々花と昂也の関わりも絶《た》つことができる。

だとしたら、本当に悪質で、自分の利益しか考えていない行動だ。

グッと拳《こぶし》を強く握る比奈の隣で、昂也が厳しい表情を見せて断言する。

「必ず全容を解明し、犯人には厳罰を与えるとお父様にお伝えください」

「なるべくなら、パーティーまでに解決を。父の気性を考えると、パーティーで顔を合わせるまでに、なんらかの決着を見せておかないと、感情に任せてなにを言い出すかわかりません」

承知したと神妙に頭を下げつつ、昂也が事態の早期収拾のため会社に戻る支度を始める。

寿々花は、そんな昂也の隣で行動を起こそうとしない比奈に視線を向けた。

「まだお時間があるのなら、もう少し話す時間をいただいていいかしら？」

どうしたものかと昂也に視線を向けると、比奈の自由にと言われる。

もともと寿々花は、比奈に話があると訪ねて来てくれたのだから、比奈としては二人で話すことに異存はない。

「わかりました」

会社に戻る昂也を見送り、比奈は寿々花と向き合った。

「仕事、出勤停止にでもなった？」

二人だけでお茶を飲む形になると、寿々花が比奈に聞いてきた。

「……っ」

「鞄《かばん》。会社に戻るなら、持ってこないでしょ？」

寿々花が残念そうにため息を吐く。

「企業に所属するって、窮屈《きゅうくつ》よね。理不尽な理由で、責任を押し付けられちゃう」

そう言って静かにお茶を啜《すす》る寿々花は、企業に所属して生きる窮屈《きゅうくつ》さを重々承知しているのだろう。

それは彼女が、きちんと地に足をつけて働いている証拠だ。

「確かに、予想外に窮屈《きゅうくつ》で嫌な思いをすることがいっぱいありますね」

それは、否定しようのない事実だ。

唇を歪《ゆが》め大袈裟《おおげさ》に肩をすくめる比奈に、寿々花も肩をすくめた。その表情が愛らしくて、自然と比奈の表情が綻《ほころ》ぶ。

この状況でも楽しい気持ちになれることに安堵し、彼女に告げる。

「でもそのおかげで、救われることもあります」

「え？」

不思議そうな顔をする寿々花に、比奈が言う。

「今回の件で、悔しい思いをしているのは事実です。でも芦田谷さんに、私のことを疑っていないと言ってもらえて嬉しかった。今回のことがなかったら、その言葉は聞けなかったと思うので」

丹野の仕打ちに傷付けられても、そういった救いがあるから、人生は捨てたものじゃないと思える。

企業に属していてもいなくても、生きていく限り、良いことも悪いことも起きるものだ。比奈の母のように、悪いことだけに目を向けていれば、人はどこまでも不幸になれる。だけど比奈は、そちら側に行かないと決めていた。

悪いことの中にも必ずなにか幸せはあるのだと信じて、それを糧《かて》に前に進むしかない。

「強いわね」

そう話す寿々花だって、強いと思う。

彼女の生まれを考えれば、無理して働かずともよさそうなものだが、彼女はそれを選ばず自《みずか》ら人生を切り開いている。

そんな比奈の言葉に、寿々花は照れくさそうに笑った。

「それにポジティブだわ」

「その方が、人生楽しめます」

断言する比奈の姿に、寿々花が眩《まぶ》しいものを見るように目を細める。そして、どこか寂しそうな表情を浮かべた。

「私も、貴女のように考えられたら、いろいろ違ったのかしら？」

「……？」

寿々花は美人で頭脳明晰で、家柄にも恵まれている。そして、自分で選んだ責任ある仕事に就いていた。そんな彼女が、自分の人生を後悔しているような言い方をするのが不思議だった。

そんな比奈の視線に微笑んで、寿々花が唇に指を添えて言う。

「私、こう見えても、昔はなかなかの美少女だったのよ」

「わかりますよ」

子供の頃だけでなく初対面の時から、寿々花は十分美人だった。

素直に頷く比奈に、寿々花が恥ずかしそうに続ける。

「しかも家はお金持ち。海外にも日本にも別荘があるし、飛行機は子供の頃からファーストクラスしか使ったことがない。……私としては、ただそのような家に生まれただけで、人からどう見えるかについて深く考えたこともなかった。だけど、中学生ぐらいになると、そういうことに納得してくれない女子が現れるのよ」

自慢するでもなく、恵まれた環境を淡々とした口調で話す寿々花に、彼女らしさを感じて笑ってしまう。

そんな比奈に、肩をすくめて寿々花が言った。

「面倒くさい女子に絡まれて、中高となかなか息苦しい学校生活を送る羽目になったわ。ほとほと人付き合いが嫌になって、数学に没頭するようになったの。数学は私の容姿も生まれた環境も気にしないし、こちらが正しく問いかければ、必ず正しい答えを返してくれる。無視されたり、嘘をつかれたりする不安もない、一番の友人になった」

寿々花は数学を擬人化して、嬉しそうに話す。

友達と内緒話を楽しむように数学を探究した結果、付属の大学に進まず外部の大学を受験する道を選んだのだろう。

「私、人付き合いに向いてないの。だから友達もいらないし、ましてや恋愛なんて論外。数学に没頭して、可もなく不可もなく、凪《なぎ》のような人生を生きていくんだって決めつけていた。下手《へた》に父の事業に関わって、面倒な人間関係に巻き込まれるのも嫌だし、一人で黙々と結果を追究する研究職が向いているのだと思っていたわ」

そこで寿々花が、比奈を指さして苦笑いを浮かべる。

「それなのに貴女が現れて、私の世界を変えたのよ」

「私が……ですか？」

「自分で自分の人生はこんなものと諦めていた私を、貴女は高く評価してくれた。そして、私の価値観を一気に覆《くつがえ》して世界を変えてくれたの。そのくせ、肝心のお見合いでは、國原さんに連れられて途中退場するなんて、あり得ない結果になったけど」

「その節は、本当にすみませんでした」

オタクな自分なんて……と、卑屈《ひくつ》なくらい消極的だった寿々花に「貴女は美人だし、とても魅力的な人だ。毎日仕事を頑張っている自分へのご褒美《ほうび》だと思って、プライベートも充実させるべきだ」と説《と》いて、見合いを承諾してもらった。

比奈としては、寿々花の価値観を覆《くつがえ》すつもりも、恥をかかせるつもりもなかった。

本気で、彼女は昂也に相応《ふさわ》しいと思っていたのだ。

改めて頭を下げる比奈に、寿々花が首を横に振る。

「確かに残念に思ってた時期もあるけど、時間が経つにつれ貴女の存在が面白くなったのよ。これまで女同士の付き合いを避けてきた私にとっては、久しぶりの女子的交流も新鮮だったし」

「……そう、ですか」

寿々花が比奈の行動をそんなふうに受け取ってくれていたことに驚く。

「数学は、私の容姿や環境を気にしない代わりに、私のいいところを探して褒《ほ》めてくれたりもしないから。初めて女友達ができた気分だったわ」

そう言われて初めて、寿々花が脅迫メールを「友達同士の悪ふざけ」だと言って、周囲を説得してくれた気持ちが理解できた。

「芦田谷さんさえよければ、本当に友達になりたいです」

自然とそう口にしていた比奈に、寿々花が心底嬉しそうに微笑む。

「ありがとう。私が國原さんに憧れているのを知って、兄が見合い写真を預けた。……ただそれだけのことだったのに、結果、女友達ができて、私の世界が大きく変わった。人生って面白いわね」

比奈がアクションを起こしたことで、比奈や昂也だけでなく、寿々花の人生も変わっていたことに驚かされる。

「本当に、そうですね」

嬉しくなって微笑む比奈に、寿々花が言う。

「貴女には、人を変える力がある。そんな貴女だから、國原さんも惹かれたんでしょうね」

「……っ」

返答に困る比奈に、寿々花が笑って首を横に振る。

「それでよかったと思うの。私もそうだけど、普通の女性はあの人といると、嫌われるのが怖くて、彼の機嫌を損ねないよう振る舞ってしまうわ。だけど貴女は、國原さんに怒られることを気にしないでやりたい放題」

「や、やりたい放題にしたつもりは……」

気まずくなって視線を逸《そ》らす比奈に、寿々花は晴れ晴れとした顔で笑う。

「でも、そういう人じゃないと、結局は彼を孤独にしてしまう。私は、誰かに影響されて落ち込むのが嫌で数学に没頭するうちに、誰にも影響を与えられない人間になっていたから」

だから、國原さんには貴女がお似合いなの。と、寿々花は、祝福とも諦めとも取れる言葉を口にした。

比奈はなにも言わずただ頭を下げた。すると、寿々花が話題を変えてくれる。

「それで、これからどうするの？　会社に居づらいなら、他の企業を紹介してあげましょうか？」

「いえ。大丈夫です」

寿々花の提案を丁重《ていちょう》に断り、比奈は強気な表情を浮かべる。

「このくらいで打ちのめされていたら、昂也さんの隣にはいられませんから」

昂也の隣にいるというのは、きっとそういうことなのだろう。

ただの部下として働いている時からだが、昂也の側にいる限り、彼のファンに向けられる嫉妬を受けて立つ覚悟がいる。

そしてそれが苦にならないほど、昂也と一緒にいることが楽しいのだ。

「このくらいで弱音を吐いてたら、それこそ彼を孤独にしてしまいます」

昂也は誰かを深く愛することで、その相手に迷惑をかけることを恐れていた。

その考えを否定した比奈が、このくらいのことで負けるわけにはいかない。

そう言って胸を張る比奈に、寿々花が感嘆の息を漏らした。

「貴女は、そういう人よね。でも、どうするの？」

昴也のことだ。比奈がなにもせずとも、先ほどの宣言どおり、事件を解決してくれるだろう。

だけど比奈としては、彼の強さに甘えて被害者兼傍観者として戦わずに終わりたくない。

比奈も行動を起こすことで、昴也に一人で頑張らなくていいのだと安心して欲しい。

「戦います。脅迫メールを送った犯人の特定は昴也さんがしてくれるはずなので、私は私のできる方法で犯人と向き合おうと思います」

利己主義な丹野の見ている世界が、どれほど窮屈《きゅうくつ》なものか比奈にはわからない。

絶対に共感できないと思うし、彼女がしでかしたことを許す気もなかった。だけど、自分に理解できないからといって、彼女の存在を否定して終わりにするのも違う気がする。

そのために、彼女がこれまで切り捨ててきたものの価値を、まずは自分の目で確かめてこようと思う。拳《こぶし》を作って宣言する比奈を見て、寿々花が「頼もしい」と言って、笑う。

そんな寿々花と、パーティーの日に結果報告することを約束して解散した。

8　宴《うたげ》の始まりに

芦田谷家主催のパーティーは、高級住宅街にある芦田谷会長の自宅で開催される。

土曜日の夕方、社内の使われていない会議室を借りて着替えをする昂也は、カフスボタンを留めつつ、今日のパーティーの目的はなんだっただろうかと記憶を辿《たど》る。

外国の大使館で長年シェフを務めた有名料理人が腕を振るうという話を聞いた記憶はあるが、パーティーの名目を思い出せない。

しばらく考えても思い出せないということは、父の幹彦から聞かされていないのだろう。

そして幹彦が伝えなかったということは、それほど重要な内容ではないのだと結論付ける。

虚栄心の強い芦田谷会長の主催するパーティーで大事なのは、どのレベルの客が、どういった装《よそお》いで出席するかということだ。

自分で言うのもなんだが、今日の昂也はそういった意味で、芦田谷会長の虚栄心を十分に満たすことができるだろう。

腕利きのテーラーに任せた一点もののダークスーツは、シックなデザインだが体のラインを美しく見せる技が駆使されており、見る人が見ればその価値がわかる品だ。

時計やカフスボタンといった小物も、装《よそお》いに合わせて厳選していた。

自分の容姿が人目を惹くことは、もとより承知している。度が過ぎた遊び心で、しばしば相手を怒らせる父とは違い、相手の機嫌を損ねない立ち居振る舞いも心得ているので、パーティーを盛り上げる協力をさせていただく所存だ。

着飾った自分が土産《みやげ》片手に媚《こ》びに行くのだから、多少の無礼は許していただきたい。

そんなことを考えつつ身支度を終えると、ノックの音が聞こえた。

「どうぞ」

「失礼します。お時間ですのでお迎えに参りました」

扉を開けた丹野が、昂也の姿を見て恍惚《こうこつ》の表情を見せる。

いつものビジネススーツとは違い、着飾った今日の昂也は、凛々《りり》しさに加え男の色気を溢《あふ》れさせていた。

「よくお似合いです」

その姿がよほど気に入ったのか、丹野が感嘆の息を漏らして言う。

「丹野君もよく似合っている」

彼女の姿に軽く視線を走らせてそう言った昂也に、丹野は誇らしげに微笑んだ。

昂也の言葉に嘘はない。

会社を休んでいる比奈の代わりに、昂也は丹野に芦田谷家のパーティーの同伴を頼んだのだ。それを快諾した彼女は、パーティーの同伴者として申し分ない装《よそお》いをしている。

「せっかく誘っていただいた部長に、恥をかかせるわけにはいきませんから……」

歩み寄ってくる丹野が、口元に手を添え自信に満ちた妖艶《ようえん》な笑みを浮かべた。

軽く首を曲げ、昂也に意味ありげな視線を向けてくる。自分を美しく見せる術《すべ》を熟知した微笑み方に、女のしたたかさが滲《にじ》み出ていた。

――花と一緒だ……。

昂也は心の中でため息を漏らす。

美しい花はもちろん好きだが、あまりに匂いや存在感が強すぎると、愛《め》でる気持ちを失ってしまうものだ。自己主張が強過ぎる花を、どうして側に置きたいと思うのか。

しかもそれが、かなりの棘《とげ》や毒を含んだ花となればなおのことだ。

「では行こう」

「はい」

そう返す丹野が、当然のように手を差し出してくるが、昂也はあえてそれを無視する。

相手が比奈なら、もちろん手を取り優しくエスコートするところだが、丹野にそこまでしてやるつもりはない。

「君はもう少し、自分が身を置く世界を正しく把握する必要がある」

「できています」

そこで即答できることが、彼女の目に世界が歪《ゆが》んで映っている証拠だと感じる。

比奈は自分に、楽な方に逃げては駄目だと言った。そして、喜怒哀楽を共有できる人のいる喜びを教えてくれた。

それを知った今、丹野が自分にだけ都合のいい、恐ろしく孤独な世界にいるのだとわかる。

けれど丹野自身に聞く耳がないのでは、その孤独を理解させることは叶わないだろう。

——それならそれでいい……。

そうやって現実から目を背《そむ》けてきたツケを、残りの人生で支払ってもらうだけだ。

これ以上、言葉を交わすつもりはないと、昂也はそのまま歩き出す。

丹野は笑みを浮かべ、その背中を追いかけるのだった。

◇　◇　◇

「これが、自宅……？」

昂也が手配してくれたハイヤーを降りた比奈は、目の前の邸宅に頬を引き攣《つ》らせる。

寿々花の家が裕福なのはもとより承知していたし、大勢の来客を招いて盛大なパーティーを開催する段階で、相当に広い家であることは想像していた。

だが目の前にそびえる建物は、比奈の想像の域を超えている。

――門から車寄せまでの距離で、そんな予感はしてたけど……

芦田谷家到着の際、立派な門の前で車を降ろされると思っていた。それなのに車は、当然のように門を通り抜け、ゆるやかなカーブを描く坂道を上《のぼ》っていった。

そしてよく手入れされた植物が両脇を彩《いろど》る道を抜けた先に、豪奢《ごうしゃ》な造りのホテルと見間違えるほど立派な建物が待ち構えていたのだ。

寿々花は比奈の想像を超える資産家令嬢なのだと、今さらながらに気付かされる。

そしてそんな彼女の家から見合いの釣書を預かる昂也も、同等かそれ以上の資産家なのだ。

――昂也さんの実家も、こんな感じなのかな？

利便性で選んだという昂也のマンションも、かなりの高級物件だったが、ここまで浮き世離れしていなかった。

「小泉さん、待ってたのよ」

比奈が呆然と見上げていると、落ち着きのある声と共に人の駆け寄る気配がした。

見ると、一段と美しく着飾った寿々花が近付いてくる。

「素敵なドレスね」

比奈の前に立った寿々花が、笑顔で言う。

「彼の見立てです」

比奈は照れくさそうに頬を染める。

背中に深い切れ込みの入ったドレスは、光沢《こうたく》のある黄色い生地《きじ》を使用している。

ドレスに合わせて選ばれたイヤリングやネックレスは、大粒の真珠をメインに暖色系の宝石で彩《いろど》られている。

この家に到着するまでは、ドレスが豪華すぎて、浮いてしまうのではないかと危惧《きぐ》していた。だけど寿々花の家に到着して、昂也の見立てが正しかったのだと納得する。

「國原さんは、小泉さんの魅力をよく理解しているわ」

「ありがとうございます。今日は、お招きありがとうございます。それに場所をお借りして……」

比奈の装《よそお》いを手放しに褒《ほ》めてくれる寿々花に、改めてお礼を言う。

「いいの。その方が父も納得すると思うわ」

頭を下げる比奈に、寿々花が首を振る。

そうしながら比奈の荷物を受け取り、側にいた黒服の男性へ預けた。その慣れた仕草に、寿々花の本来の育ちを感じる。

「部長たちは？」

とりあえずは仕事モードでいるべきだろうと、比奈は昂也を役職名で呼ぶ。

「もう到着してるわ」

そう言いながら、寿々花は比奈を案内して歩き出す。

柱の装飾にまで贅《ぜい》をこらした玄関ホールを抜け、パーティー会場である広間に入ると、美しく着飾った男女が幾つかのグループに分かれて談笑しているのが目に入った。

そういった人たちに会釈《えしゃく》する寿々花が、視線を進行方向に向けたまま囁《ささや》く。

「國原さんからの引き抜き、断るつもりだから安心して。代わりに責任を持って、誰かいい人を紹介させてもらうわ」

「え……？」

昂也の話では、寿々花は転職に興味を示していると聞いていたのだが。

不思議そうな顔をする比奈を振り返って、寿々花が言う。

「私が会社に入ると、小泉さんが嫌でしょ？」

「そんなこと……なくは、ないです」

思わず漏れてしまった本音に、寿々花が噴き出す。

そして親愛に満ちた表情で、比奈を見る。

「大丈夫よ、小泉さんに嫌な思いはさせないから」

「それは、違うと思います」

比奈は、寿々花の腕を掴んで立ち止まる。

「……?」

足を止めた寿々花は、どこか困惑した表情をしていた。

きっと、よかれと思ってしたことを否定され不思議に思ったのだろう。

「芦田谷さんが今の職場に満足していて、毎日楽しんでいるというのなら、もちろん転職は断っていいと思います。でも興味がある話を、私のために断るのはやめてください。友達として嬉しくないし、そんなちっちゃな嫉妬で、部長の世界を窮屈《きゅうくつ》にしたくありません」

「すごい……自信があるのね」

「自信なんてないです」

感心する寿々花に、比奈が即答する。

ただ自分が安心するために、好きな人の世界を狭くしたくない。それは昂也だけでなく、寿々花に対しても思うことだ。

そう話す比奈に、寿々花が嬉しそうに目を細める。

「ありがとう。それと私のことを友達だと思ってくれるなら、名前で呼んでもらえると嬉しいわ」

「私も、名前で呼んでもらえると嬉しいです。寿々花さん」

さっそくファーストネームで呼ぶ比奈に、寿々花は照れくさそうに笑って再び歩き出す。

「國原さんと結婚するの？」

「……っ」

直球すぎる質問に比奈がグッと黙り込むと、寿々花が不思議そうな顔をする。

「だって両思いなんでしょ？　もともと貴女は、國原さんに結婚して欲しくて、私とのお見合いを計画したんでしょ？」

確かにそうだ。

もともとは昂也に結婚して欲しいと願って行動を起こしたのが始まりだったし、比奈にも結婚願望はある。

「そうなんですけど……」

お互いにどれだけ好き合っていても、世の中はそんなに簡単ではないのだ。周囲の人間から見れば、二人の格差は甚《はなは》だしく、釣り合いが取れているとは到底言えないだろう。

昂也自身、彼と付き合うことで相手に迷惑をかけることが多々あると口にしていたが、確かに國原家の嫁になるには、相当な覚悟が必要だ。

最初昂也は、このパーティーで比奈との関係を公《おおやけ》にしたいと言ってくれたが、脅迫メールの一件でその話もうやむやになっている。そして、寿々花の屋敷を目《ま》の当たりにしたことで、昂也の相手が本当に自分でいいのかと不安になった。

そんなことを愚痴《ぐち》る比奈に、寿々花がさらに不思議そうな顔をする。

「私から見れば、なにもない比奈さんの方がすごいと思うけど？」

「それは……」

褒《ほ》め言葉なのだろうか。

判断に悩み、顎《あご》に皺《しわ》を作る比奈に、寿々花が朗《ほが》らかに言う。

「だって、それなら持っているものは全て、実力で手に入れたってことよ。私は、親に与えられ過ぎる人生だから、そういうの羨《うらや》ましいわ。大学と就職は、確かに実力だけど、それでも受験の時には優秀な家庭教師を付けてもらったし、留学も親の支援を受けたし……就職活動の際も、たぶん父は私に隠れて口添えをしていたと思う」

家庭教師云々《うんぬん》は、確かに家計に余裕があるからこそかもしれないが、就職は間違いなく寿々花の実力だろう。そうでなければ、昂也がヘッドハンティングに乗り出すわけがない。

そう話す比奈に、寿々花が薄く笑う。

「世の中は、そう思ってくれない。そして私自身、簡単にそんなふうには思えない」

影響力のあり過ぎる親を持つと、自分自身を信じられなくなるものなのだろうか。

それはそれで、比奈とは違う家族の重さがあるのだと感じた。

「少なくとも私は、寿々花さんが実力で手に入れた友人ですよ」

寿々花が言うとおり、比奈はなにも持っていない。だからこそ利害関係を求めることなく、ただの好き嫌いで友達を選べる。

そして比奈は、素直な気持ちで、寿々花と友達になりたいと思ったのだ。

——今さらながらに、桁《けた》違いのお嬢様であることに気付いて、若干引いてますが……

そんな垣根を乗り越えてでも友達になりたいと思うくらい、寿々花は人間としての魅力に溢《あふ》れているのだ。

だからもっと自分に自信を持ってくださいと、比奈がエールを送る。

「ありがとう。貴女といると、不思議と前向きな気分になれる。簡単に相手をそういう気分にさせられるのは、貴女の才能よ」

「ありがとうございます」

同じようなことを、昂也にも言われたことがある。

自分が好意を持っている相手に、自分の存在を認めてもらえるのは嬉しいことだ。

比奈の表情が解《ほぐ》れるのを見て、寿々花が続ける。

「言わなくてもわかっていると思うけど、國原家は資産家で、一人息子の彼はその全てを引き継ぐことになるわ。だから結婚相手に、持参金を期待する必要はないと思うの。

それよりも國原さんは、お金で買えないものを求めているのよ」

　そう話す寿々花が、比奈の鼻先に指を伸ばす。

「……」

「國原さんは、大事なものを見誤らない。その判断力を、信じてあげるべきじゃないかしら?」

「確かに、そうですね」

　比奈はこれまで、昂也に自分を信じて欲しいと散々言ってきた。それならば比奈も、昂也の判断を信じるべきなのだろう。

「國原さんは、貴女を選んだ。だから、周りがどう思うかなんて気にしちゃ駄目よ」

　比奈の覚悟を読み取り、寿々花が微笑む。

　先日寿々花は、自分は誰かに影響を与えたりできないと言っていたが、それは大きな間違いだ。

　その証拠に、比奈は彼女に勇気を与えられた。

　そのことを話すと、寿々花が照れくさそうに笑う。その表情に、比奈もつられて笑った。

　互いにクスクス笑いながら廊下を進み、寿々花は突き当たりの部屋の前で足を止める。

「この向こうに、全員揃っているわ」

　覚悟はいい?　と、表情を真面目なものに変えた寿々花が視線で問いかけてきた。

寿々花が言う全員の中には、もちろん丹野や昂也が含まれている。

専務の執務室を出る際に「ザマアミロ」と嘲《あざわら》笑われて以降、丹野には会っていない。

自分の常識を超えた人と対峙するのは、正直勇気がいる。

だけどここで逃げては、比奈の世界が狭まるだけだ。

——あんな人のために、私の世界を狭める必要はない。

そう自分を鼓舞《こぶ》した比奈は、寿々花を見上げる。

「戦います」

この先、昂也と一緒にいるためにも、もっと強くなるのだと比奈が覚悟を決める。

「応援してるわ」

比奈の強さを信じていると微笑んで、寿々花がドアをノックした。

◇◇◇

丹野を同伴した昂也が芦田谷家に到着すると、待ち構えていた男性が二人を案内してくれた。

男性の案内に従い、広いホールを横断し廊下の突き当たりにある個室へ向かう。

案内された部屋は、仕事の話をするための部屋なのか。さっきまでの豪奢《ごうしゃ》な調度品で彩《いろど》られた部屋とは違い、落ち着きのある内装となっている。

純白のクロスがかけられた長方形のテーブルに、椅子が六脚並べられていた。二脚対四脚で配置された椅子に、幹彦と高齢の男性が向かい合って座っている。

「専務っ!?」

晴れ晴れとした表情で昂也に寄り添っていた丹野が、案内された部屋に入るなり戸惑いの声を漏らした。

今日のパーティーに幹彦が出席することを聞かされていなかった丹野は、まず幹彦の姿に戸惑い、そして幹彦の向かいに座る人の姿にさらに困惑の色を濃くする。

「芦田谷会長、ご無沙汰しております」

困惑する丹野を置き去りにして、昂也は幹彦と席を共にする男性に挨拶《あいさつ》して室内に入る。

幹彦の隣の椅子を引き、そうしながら丹野を振り返った。

さっきまで誇らしげな顔で昂也に寄り添っていた丹野は、硬い表情で部屋の入口に立ち尽くしている。

「まだ、ワシを待たせる気か?」

あからさまに緊張する丹野に、芦田谷会長が威圧感のある声で問いかける。

その瞬間、丹野の背筋がスッと伸びた。

逃げ出せる状況ではないと悟ったのか、室内に足を踏み入れた丹野は、幹彦、昂也と並ぶ椅子に一礼して腰を下ろそうとした。

「で、お前が脅迫メールの犯人だそうだな」

丹野に座る間を与えず、芦田谷会長が厳しい顔で確認する。

「……なっ」

ど直球な言葉に意表を突かれた丹野は、腰を抜かすようにストンと椅子の上に座り込んだ。

その表情で確信したのか、我《が》の強そうな太い眉を寄せ、芦田谷会長が怒りを露《あら》わにする。

「お前は、一体何様のつもりだ？　消されたいのか？」

先手必勝。狼狽《ろうばい》する丹野にさらなるプレッシャーをかける。

「会長……さすがに言葉が過ぎますよ」

そっと窘《たしな》める幹彦に、芦田谷会長が反論する。

「この小娘は、ワシを脅《おど》したんだぞ。そのくらいの覚悟は必要だろう？」

ドスのきいた声で返す芦田谷会長が、そのままの勢いで丹野を睨《にら》む。

「ビジネスの世界において、舐《な》められることは負けを意味する。ワシをあんなに侮辱《ぶじょく》しておいてただで済むとは思うなっ！　命までよこせとは言わんが、社会的に抹殺されるくらいの覚悟はしてるんだろうな？」

芦田谷会長は、長年にわたり海外メジャーと渡り合ってきた猛者《もさ》だ。その迫力は半端ではない。

そしてこの場にいる全員が、芦田谷会長の気性と社会的立場を考えれば、その言葉がただの脅《おど》しではないことを知っている。

そこで、突然犯人扱いされた丹野が慌てて口を開いた。

「なにを仰《おっしゃ》っているのかわかりません。そもそも、メールを出したのは私ではなく、弊社の小泉比奈という社員です」

芦田谷会長の気迫におののいた丹野が、言い繕《つくろ》うことも忘れて反論する。

その瞬間、芦田谷会長が意地悪くニヤリと笑う。

「語るに落ちるとは、このことだな。そのことを誰に聞いた？」

「――っ！」

丹野が慌てて口元を手で覆《おお》うが、既に遅い。

「情報の入手方法は、盗聴です」

顔色を悪くする丹野の隣で、昂也が静かな口調で答えた。

その言葉に、丹野が昂也を見て言い募《つの》る。

「部長！　私がそんなことするわけないじゃないですか。小泉さんのことは、最近ずっと休んでいて噂で……」

ぎこちない微笑みで媚《こ》びてくる丹野を、昂也は冷めた目で睨《にら》む。

言い返すのもバカらしいと口を噤《つぐ》む昂也に代わり、幹彦が言う。

「メールの件は、私と部長しか知らない話だ。それなのに何故君は、芦田谷会長に脅迫メールと言われて、すぐに反応できた？」

「それは……噂で……」

しどろもどろに声を絞り出す丹野は、必死に切り返す。

「それに、ウチの会社は盗聴防止対策がきちんとされています。そのことを熟知している私に、盗聴など不可能だとおわかりいただけるはずでは……」

自分にできるはずがないと、丹野は声を上擦らせながら弁明する。

「確かに我が社は不正防止のために、ランダムな周期で盗聴や情報流出がないかを調査している。その周期を知っているのは社長だけだ。だからこそ、丹野君の言動に不審な点はあっても、偶然や恐ろしく勘が働く程度にしか思っていなかった」

だが今回のことがあり、比奈のアカウントが乗っ取られた方法を調べていくうちに、専門家から盗撮や盗聴の可能性を指摘された。

そしてそれを確かめるべく、内密に幹彦の執務室を中心に幾つか防犯カメラを設置したところ、朝、出社と同時に執務室に盗聴器を取り付け、帰りにそれを回収する丹野の姿が映っていた。

通常は盗聴の調査は、夜間に行《おこな》われる。まさか朝晩、設置と回収を繰り返す社員がいるとは誰も想定していなかったからだ。

さすがに昂也や幹彦も、その映像には驚愕した。

ただ昂也には、それで腑《ふ》に落ちる点もあった。

推測の域を超えていなかったので、誰かに話したことはなかったが、以前住んでいたマンションの周辺でやたら丹野に遭遇することがあった。その度に、「偶然」や「気が合う」といった言葉を繰り返されたのだが、どこか不自然なものを感じていた。

それもあって最近引っ越したのだが、その途端、丹野に偶然遭遇することはなくなった。

比奈のアカウントを乗っ取ったり、躊躇《ちゅうちょ》なく盗聴器をしかけたりする丹野のことだ、昂也の個人情報をなんらかの形で入手していてもおかしくない。

ソーシャルエンジニアリングという言葉は知識として知っていたつもりだが、トラッシングやショルダーハッキングといった実例を聞かされ、これまでの疑問が解消された。

そして、普段丹野が使用しているパソコンを専門家に調べてもらい、彼女が消去した履歴を復元することができたのだ。

それに合わせて、データベースのログファイルも確認し、丹野が犯人であると明らかになった。そこまで調査されるとは思っていなかったのか、丹野の額《ひたい》に汗が浮かぶ。

「濡れ衣《ぎぬ》です。ログファイルはデータを改ざんされたんだと思います。それにパソコンの履歴も、誰かが勝手に私のパソコンを……」

それでも丹野は言い繕《つくろ》おうとするが、時間的に考えても、専務の執務室に置かれているパソコンを使用できたのは、彼女一人しかいない。

昂也の指摘に、丹野が強く唇を結ぶ。

重たい空気の中、昂也は隣に座る幹彦の表情を窺《うかが》う。

時々悪ふざけが過ぎる父だが、彼が情に厚い人間であることは承知している。直属の部下に裏切られる形となって、傷付いていないわけがない。

「それで、クニハラとしては、その娘の処分をどうする？」

どこか意地の悪さを含んだ芦田谷会長の問いに、幹彦がテーブルの下で拳《こぶし》を作るのがわかった。

硬いものを無理矢理呑み込むように喉を動かした幹彦が、口を開く。

「懲戒解雇が妥当と考えます」

感情を押し殺し、幹彦がその言葉を口にする。

その言葉に丹野が息を呑み、すがるように昂也を見た。

「全ては、貴方を正しい方向に導くためです」

ふざけるなっ――と、昂也は心の中で吐き捨てる。

愛情と支配を履き違えた人間の言葉に、不快感が込み上げた。同時に、幹彦の感じている痛みを、丹野がまるで理解できていないことを腹立たしく思う。

「自分の進むべき道ぐらい、自分で決められる。人生のパートナーについても、誰が自分に相応《ふさわ》しいかも、君に導いてもらう必要はない」

そしてその相手は、決して丹野などではない。

昂也がそう言い放った時、四人がいる部屋の扉をノックする音が響いた。

◇◇◇

「入ります」

扉をノックした寿々花は、そう言うと返答を待つことなく扉を開ける。

寿々花に続いて部屋に入った比奈は、室内に視線を巡《めぐ》らせた。

腕を組みふんぞり返るように腰掛けている男性が、寿々花の父親である芦田谷会長だろう。

聞いていたままの、我《が》の強さを感じる。

そして芦田谷会長の向かいの席には、昂也と幹彦と丹野が神妙な表情で座っていた。

実はパーティーの数日前、幹彦より芦田谷会長に脅迫メールに関する調査報告をしていた。

その際、特定した犯人については早急に社内でヒヤリングをした後、速やかに厳重な処分をすると説明したらしい。

だが、芦田谷会長は、それでは気が済まないと抗議したそうなのだ。

娘の名前まで出して自分を脅迫した奴の顔が見たい。そして、自分の手で制裁を加えさせろと言って、譲らなかったらしい。

その結果、パーティーの当日に、芦田谷会長の前で丹野に最終的なヒヤリングを行《おこな》う形となった。

さらに芦田谷会長は、丹野のターゲットとなった比奈と寿々花には一足遅れでこの部屋に来るように命じていた。

その言葉に従い一足遅れで部屋に入ってみると、既にあらかたの話は終わったような雰囲気だ。

「余興が終わったところで、ちょうどいいタイミングだ」

芦田谷会長が、掠れた笑い声を漏らす。

視線が合うと、昂也がホッと息を漏らし微笑む。

比奈の顔を見るまで、昂也が呼吸をすることを忘れていたような表情だ。その表情を見ただけで、昂也にとって、この場がどれほど苦痛だったのか想像がつく。

比奈に向ける昂也の面持《おもも》ちを見せつけられた丹野が、憎しみに満ちた表情を向けてくる。

「貴女が、なんでここにいるのよっ！」

怒りに満ちた声で、丹野が言う。

「私が、友人として招待したのよ」

そんな丹野の怒りはお門違《かど》いとばかりに、寿々花が冷めた声で言い返した。その声が着火剤になったように、丹野が立ち上がって声を荒らげる。

「友人って……、そんなのあり得ないでしょっ！」

「あり得ない？」

寿々花が不快そうに眉をひそめる。

「だってそうでしょう？　なんで芦田谷家の令嬢が、こんな子を友達にする必要があるの。いいように言いくるめられているんじゃないですか？　この子、こう見えてしたたかで計算高いから」

丹野は薄笑いを浮かべて視線を彷徨《さまよ》わせる。

そんな丹野に、寿々花が言う。

「比奈さんにとって私は、芦田谷家の令嬢じゃなく、ただの数学オタクの寿々花なの」

寿々花が、苛立った表情を見せる。

彼女は芦田谷家の娘という色眼鏡で見られることに、辟易《へきえき》している様子だった。そんな寿々花の苛立ちに同調するように、芦田谷会長が言う。

「貴様はウチの娘が、甘言に簡単に言いくるめられるような愚《おろ》か者だと言いたいのか？」

「あ……いえっ……そうではなく……」

芦田谷親子にすごまれ、やっと自分の失言に気付いたのだろう。丹野が焦って言い繕《つくろ》おうとする。

「私に少し話す時間をいただいてもいいでしょうか？」

丹野が黙ったタイミングで、比奈が発言を求めた。

すると芦田谷会長は手の動きで、比奈にどうぞと先を促《うなが》す。

まずは着席しようと比奈がテーブルに歩み寄ると、寿々花も芦田谷会長の隣の席へと移動した。

芦田谷会長が立ち上がり寿々花の椅子を引くのに倣《なら》うように、昂也も立ち上がり比奈のために椅子を引いてくれる。

その動きに弾かれたように、丹野が感情任せに腕を振り上げた。

「貴女なんかにっ！」

——叩かれるっ！

比奈は咄嗟《とっさ》に瞼《まぶた》を閉じ、衝撃に備えた。

だけど数秒待っても、丹野の手が振り下ろされる気配はない。

「……」

恐る恐る目を開けると、昂也が丹野の手首を掴んでいた。

「部長……っ」

比奈を叩くことを阻止され、丹野が傷付いた表情を見せるが、昂也はそんな丹野に黙って冷ややかな視線を向ける。

そんな昂也の眼差しに、丹野の悲壮感が増すが、彼女に同情する者はこの部屋にはいない。

「なんでこんな子を擁護するんですかっ！」

冷めた沈黙に耐えられなくなった丹野が、声を震わせる。

そんな丹野に、昂也が静かに返す。

「小泉君を『こんな子』と、話す段階で君には理解できない話だ」

納得できないと、丹野が比奈を睨《にら》む。

敵意が収まる様子のない丹野にため息を吐き、昂也が告げる。

「君と小泉君の大きな違いは、彼女は自分と同じくらい他人を愛せることだ。君のように自分の利益だけを求めるのではなく、周囲にいる人全員の幸せを考えられる。彼女のその前向きなパワーは、周囲に伝染し周りの人間の考えをいい方向に変えてくれるんだ」

そうだろう？　と、昂也が寿々花に視線で同意を求める。

その視線に、寿々花が誇らしげに頷く。

二人の視線に勇気をもらったと、比奈が強く頷き、丹野の顔を見上げる。

「丹野さんは、以前一緒に仕事をしていた市川真由美《いちかわまゆみ》さんを覚えていますか？」

「なに……」

不意に出された名前に、丹野が不快げに眉を寄せる。

市川真由美は、涼子が聞き出した、丹野に虐《しいた》げられ会社を辞めた社員の一人だ。

比奈はさらに数人の女性の名前を挙げていった。

その度に、丹野は曖昧《あいまい》な反応を示す。

覚えていないのか、覚えているがこの場でそれを認めるのは得策ではないと判断したのかはわからない。だが、丹野の表情に罪悪感らしきものは見えなかった。

「仕事を休んでいる間に、その人たちに会ってきました」

「そう」

素っ気なく返す丹野だが、表情にはさすがに焦りの色が浮かんでいる。

「皆さん、非常に優秀な方たちでした。そんな人たちが何故、クニハラを辞めなきゃいけなかったんでしょうか？」

「さあ？」

そう惚《とぼ》ける丹野に、比奈が重ねて問いかける。

「彼女たちが会社に留まっていたら、どれだけ自社の利益に繋がったか考えたことはありませんか？」

「あの程度の人間、探せば幾らでも代わりがいるわ」

人を使い捨ての道具のように考えている発言に、彼女の手首を掴む昂也も眉をひそめる。

昂也がどれだけ社員を大事にしているか理解していれば、絶対に口にするはずのない言葉だ。

彼女は確か、自分こそ昂也の補佐に相応《ふさわ》しいというようなことを言っていなかったか……

こんな言葉を平気で口にできる段階で、丹野が昂也を少しも理解していないのだとわかる。

「私は、愛情とは、かけ算のように増やすことができると思っています」

きっと昂也もそれがわかっているから、社員を大事にするのだ。

比奈の言葉に、昂也が深く頷いた。

「は？　貴女、さっきから一体なにが言いたいわけ」

丹野が苛立たしげに比奈を睨《にら》みつけてくる。

「貴女は確かに仕事ができるのかもしれない。でも、自分が気に入らないからという理由で、会社の不利益も考えず、人を排除する権利なんてないはずです」

「なんですって！」

「貴女の世界は、貴女の許せる人だけしか存在できないのかもしれません。だけど、丹野さんも、他の誰かに許されているから、これまでやってこられたはずです」

丹野の罪に気付いても、比奈も昂也も、簡単に彼女を排除することで問題を解決しようとは思わなかった。

丹野によって会社を辞めることになった人たちも、彼女にされた仕打ちを訴えたりはしなかった。

もちろん、それは丹野だけの話じゃない。

比奈だって昂也だって、完璧ではない故に他者を許し許されて生きているのだ。

「いい加減にして。皆、この女に騙《だま》されているんです。少し時間をいただければ、そのことを証明してみせますわ」

自分と違う価値観を、丹野が拒絶する。

そんな丹野の姿勢に、寿々花が時間の無駄だと首を振った。

「認めたくないのなら、それでいいんじゃないかしら。なにも私たちが、彼女の考えに付き合ってあげる義理はないわ」

「……っ！」

侮蔑《ぶべつ》を含んだ寿々花の声に、丹野が唇を噛みしめる。

それでも応戦しないのは、彼女の隣で芦田谷会長が凄んでいるからだろう。

「ただし、これだけは覚えておいて。普段の私は父の権力を借りようなんて思わないけど、大事な友達を守るためなら、惜しみなくその力を行使するわよ」

そう言って微笑む寿々花には、父親に負けないだけの凄みがあった。

静かに気迫を滲《にじ》ませる寿々花の隣で、芦田谷会長が「もちろん好きなだけ使えばいい」と、豪快に笑っているのでなお怖い。

さすがに言葉を失っている丹野に、比奈が言う。

「貴女は、部長に相応《ふさわ》しくありません」

「私は貴女なんかに……」

「いい加減、お前の醜態は見飽《みあ》きた。部外者は、とっとと立ち去れ」

さらになにか言おうとする丹野の言葉を遮《さえぎ》り、芦田谷会長が厳しい声で命じる。

「……」

その気迫に気圧《けお》されたのか、丹野が椅子にへたり込んだ。

その姿に芦田谷会長が、盛大に眉を寄せて立ち上がる。

「さあ、退席願おうか」

冷めた口調で最後通告する芦田谷会長は、丹野に歩み寄り起立を求める。

そして扉まで誘導しようとする芦田谷会長が「さっきのワシの言葉、ただの脅《おど》しだと思うな」と、囁《ささや》いたのが隣に座っていた比奈にも聞こえた。

「さてっ」

丹野を部屋から追い出し席に戻った芦田谷会長は、注目を集めるように大きく手を打ち鳴らした。

そして狡猾《こうかつ》な笑みを浮かべて、幹彦に視線を向ける。

「それなりに楽しい余興だったが、貴様の会社の社員が、一企業のトップを脅《おど》したんだ。これで手打ちということはなかろうな？」

「お父様っ！」

寿々花が、非難の声を上げる。その声に虫を払うような手の動きをし、芦田谷会長は幹彦に凄んでみせた。

いくら溺愛する娘に非難されても、チャンスがあれば少しでも有利な条件を引き出そうとするのが、商売人というものだ。

そして幹彦も、彼のそんな性分を十分に理解している顔で頷く。

「今回の件の責任を取る形で、私は専務を辞任します」

「――えっ⁉」

比奈は思わず声を漏らしてしまったが、昂也に動揺する気配はない。その様子からして、昂也と幹彦の間では既に話し合いが済んでいることなのだろう。

「貴様の秘書がしでかした事件だ、当然だな」

まだ足りないと言いたげに、芦田谷会長が顎《あご》を撫でる。その態度に堪《たま》りかねたのか、寿々花が口を開いた。

「言い忘れていましたが、私、クニハラに転職することに決めました」

「なにっ……」

想定外のことに驚く芦田谷会長を無視して、寿々花は幹彦と昂也に深々と頭を下げる。

「國原さんにお誘いいただいた時は、いろいろと思うところもあり断ろうかと思ったのですが、友人の比奈さんに誘われて、気持ちが変わりました。お力になれるかわかりませんが、どうぞよろしくお願いいたします」

そう話す寿々花は、芦田谷会長を小さく睨《にら》んでから続ける。

「父の非礼の謝罪は、これからの仕事で返していきたいと思います」

寿々花が比奈に「よろしくね」と、親しげに微笑むと、芦田谷会長は苦虫を噛み潰したような顔で黙り込んでしまった。

昂也と幹彦も芦田谷親子のパワーバランスは想定外だったのだろう。

最初は二人揃って呆気に取られた顔をしていたが、幹彦はすぐに意味ありげな笑みを浮かべる。

「お嬢さんの友人である小泉君は、今回の件の被害者なのだし、難しい話はここまでにしませんか？　それともお嬢さんとその友人を巻き込んで、まだ損得勘定の話を続けますか」

油断すると、すぐにこれだ……と表情で語る昂也が眉間《みけん》を押さえる。

我が親ながら頭が痛いとため息を吐く昂也に、比奈が励《はげ》ましの意味を込めて微笑みかける。

そんな二人のやり取りを無視して、幹彦が笑顔で「そろそろパーティーが始まる時間ですよ」と、その場にいる全員に声をかけたのだった。

パーティー会場に移動すると、いつの間にか客が増えていた。

美しく着飾った男女が気ままに話し合う姿は、万華鏡《まんげきょう》の中を覗《のぞ》いているようで現実感がない。

あまりの華やかさに気圧《けお》される比奈とは違い、こういった場に慣れている昂也は、すぐに顔見知りに声をかけられ、人だかりの中へ溶け込んでいった。

華やかな人の輪の中でも、一際、存在感を放っている昂也の姿を遠巻きに眺めていると、目の前にシャンパングラスが差し出された。

「どうぞ」

視線を向けると、寿々花が「父のことごめんなさい」と、眉尻を下げる。

「いえ。全然」

慌てて首を横に振る比奈に、寿々花が問いかけてきた。

「あの父の弱点がなにかわかる？」

寿々花は比奈の答えを待つことなく、ネイルで綺麗に彩《いろど》られた細い指先で自分の鼻先を叩く。

「確かに……」

さっきのやり取りを見ていたら、なるほどと納得のいく話だ。

寿々花曰《いわ》く、芦田谷家は寿々花の他に、年の離れた二人の兄がいてどちらもとても優秀なのだとか。そのため、会社運営にはなんの憂《うれ》いもない。芦田谷会長は、年を取ってからできた娘の寿々花のことを、言葉は悪いが、孫かペットのように溺愛しているらしい。

「あんな人だけど、父は私に数学しか友達がいないことをずっと心配してたの。だから私に初めてできた友達には、最大限の配慮をしてくれるわ」

「ああ……」

だから脅迫メールの際、寿々花が「友達同士の悪ふざけが過ぎた」と言ったら、被害届けを取り下げてくれたのだろう。

そんなことを思う比奈の手を、寿々花がそっと握る。

「私が友達と一緒に仕事がしたいからクニハラに転職をするって言っただけで、あの父が損得勘定の話を忘れたのを見たでしょ？　私のお友達っていう貴女の立場は、クニハラにとっても魅力的なはずよ」

「寿々花さん……？」

「私のこと、自分で手に入れた財産だと思って活用しなさい。國原さんと結婚するのなら、後ろ盾はあった方がいいでしょ。私にできる協力はなんでもさせてもらうわ」

「でも……」

友人をそんなふうに利用したくないという比奈の思いに、寿々花が嬉しそうに笑った。

「私が、友達の恋を応援してあげたいの」

そう言って、寿々花は昂也の方へ合図を送る。

合図を受けた昂也が比奈のもとへ戻って来ると、寿々花は「だから頑張って」と、比奈にエールを送ってその場を離れていった。

「久しぶりに会えたのに、なかなかゆっくり話す暇がないな」

綺麗に着飾る比奈の姿を改めて見て、昂也が表情を緩《ゆる》ませる。

しばらく有給を取っていた比奈は、丹野のせいで仕事を辞めた人たちを訪ねて回っていたし、昂也は昂也で、幹彦と共に仕事のかたわら事件の解明に奔走《ほんそう》していた。

その間も連絡は取り合っていたが、こうやってまともに顔を合わせるのは久しぶりだった。

「会いたかった」

人目があるので、口付けの代わりに、昂也は比奈の指に自分の指を絡めてくる。

比奈も、そっと自分の指を昂也の指に絡め返した。

互いの存在を指先で確かめるだけで、愛おしさが込み上げてくる。

さっきまでは、この場にいることにどこか疎外感を覚えていた比奈だが、昂也が隣にいるだけで、肺に新鮮な空気が流れ込み、世界が鮮やかな色を帯びる。

ホッと肩の力が抜けた比奈は、ポツリと口を開いた。

「休んでいる間に、母にも会ってきました」

人混みに視線を向けたまま比奈が言う。

昂也がいたわりの視線を向けてくるのを感じたが、比奈はそのまま言葉を続けた。

「私、母との関係は諦めていたんです。あの人は一生あのままだろうし、私にはあの人を変えることはできないって。昂也さんが間に入ってくれた時、これでもう母に関わらずに済んで楽になれるって、心のどこかで思ってました」

「それでいいと、オレは思うよ」

辛いなら無理して関わる必要はない。その方が楽に生きられる。

そう思ったからこそ間に入ったのだと話す昂也に、比奈は首を横に振る。

「丹野さんを見ていて、それじゃあ駄目だと気付いたんです。自分と考え方の違う者を排除して生きるのは楽だけど、それで救われるのは私だけです」

自分が楽をするために、大切な昂也に面倒を押し付けては意味がない。

それに、考え方の合わない人をただ排除するだけでは、自分の世界は閉じたままだ。

昂也は広い世界で生きている。

そんな彼とずっと一緒にいたいのであれば、自分自身の世界も広げていくべきなのだろう。

「母との関係が簡単に改善するとは思えませんが、諦めません」

「そうすることで、お母さんの人生に少しでもいい影響を与えられればいいな」

昂也が、祈りを込めるように言う。

その慈愛に満ちた声が、比奈の心で優しく響く。

本当は比奈が昂也を支えられる人間になりたいのに、気が付けば、いつも昂也に助けられてばかりいる。

「私が、昂也さんにしてあげられることは、なにかありますか？」

彼のためになにができるだろうかと悩む比奈に、昂也が言う。

「幸せでいて。できれば、オレの隣で」

「それだけですか？」

物足りない。そう不満げな顔をする比奈に、昂也が愛おしげに微笑みかける。

「君が幸せかどうか、オレにとってはそれが一番の重要事項だ」

「昂也さんと一緒にいれば、私はいつでも幸せですよ」

そう返す比奈の頬に、人目もはばからず昂也が口付けをした。

それに気付いた令嬢たちが遠巻きにどよめくのがわかったが、比奈は気にしないでおく。

エピローグ　お願い……

「愛してる」

切なさを感じるほど真剣な声で昂也が囁《ささや》く。

パーティーが終わると、昂也は当然のように自身のマンションへ比奈を誘った。

なかなか会えなかった時間を埋めるみたいに、片時も比奈を離そうとしない昂也は、一緒にシャワーを浴び、そのまま彼女を抱きかかえてベッドへとなだれ込んだ。

「私も、愛してます」

ベッドに横たえられた比奈は、自分の上に覆《おお》い被さってくる昂也に囁《ささや》く。

その言葉を確かめるように口付けてくる昂也は、比奈が纏《まと》うバスローブの中に手を忍び込ませた。

「……ぁっ……………っ」

いつになく性急に昂也が比奈を求めてくる。

もう何度も肌を重ねているし、一緒にシャワーも浴びたが、それでも彼に触れられると緊張してしまう。

「恥ずかしい」

自分に向けられる昂也の情熱的な視線が、比奈を落ち着かなくさせる。

比奈は、昂也の視線を遮《さえぎ》ろうと、彼の目の前に手を伸ばした。

「駄目だ」

しかし、そんな些細《ささい》な抵抗を窘《たしな》められ、伸ばした手を頭上で押さえ付けられる。

そうしながら、彼はもう一方の手で比奈の胸の膨らみに触れた。

「あっふぁ…………ぁぁっ……」

胸の膨らみを包み込む昂也の手は、芯を持ち始めた胸の先端を指の間に挟み、やわやわと揉みしだく。胸の先端を強く挟まれつつ、胸全体を強弱をつけながら揉まれるうちに、自然と比奈の体が熱くなってくる。

「……っくぅっ」

しばらく会えずにいて、相手の体の温もりに餓《う》えていたのは昂也だけじゃなかった。

こうして触られるまで自覚していなかったが、比奈も昂也に餓《う》えていたのだとわかる。

まだ触れられていない方の胸が、彼から与えられる刺激を求めて切なく疼《うず》く。

「ふぁ……あぁっ…………ッ」

切ない声を漏らす比奈のもう片方の胸を、昂也の唇が捉《とら》える。

待ち望んだ刺激を与えられ、比奈の体が歓喜に震えた。

昂也は比奈の反応を楽しむように、彼女の胸の先端をチロチロと舌で嬲《なぶ》る。

「あぁっんっっ」

昂也の舌が蠢《うごめ》く度に、比奈の体がピクピクと跳ねた。

舌での愛撫《あいぶ》を続けながら、昂也はもう一方の乳房を手で揉みしだく。

「…………っ…………あっ」

「比奈、力を抜いて」

乳房から唇を離した昂也に、そう命じられた。

彼は比奈の手首を掴んでいた手を離し、その手を比奈の下半身へと移動させる。

男らしい昂也の手が比奈の腰のラインを撫で下ろし、ももや膝頭に手のひらを這《は》わせていく。そしてU字を描くように上へ戻ってきた手が、比奈の内ももの間へと忍び込んできた。

「……ぁんっ」

下着を着けていない恥部に昂也の指が触れた瞬間、鼻にかかった甘い声が漏れる。

その声に口角を上げ、昂也はそのまま指を比奈の割れ目に沿って動かした。

ヌルリと陰唇を這《は》う指の動きに、比奈の体が震える。

「比奈、もう濡れてる」

比奈の顔を覗《のぞ》き込みながら昂也が告げる。

「だって……」

性欲は女にもあるのだ。でもそれを言葉で伝えるのは恥ずかしい。

恥じらう比奈の表情に目を細め、昂也はさらに妖《あや》しく指を動かす。

比奈の潤《うるお》いを指に絡めつつ昂也が指を上下に動かすと、それに合わせて比奈の体が淫《みだ》らに跳ねる。

「あっ…………駄目っ」

すがりつくように彼の背中に手を絡め、比奈は切なく喘《あえ》ぐ。

比奈のあえかな声がもっと聞きたいのか、昂也が指を比奈の中へと沈めてくる。

「あぁぁ——っ」

一度に二本沈められた指の感触に、比奈は背中を弓なりに反《そ》らして嬌声《きょうせい》を上げた。

「比奈の中、すごく熱い」

その熱を探るみたいに膣の中でぐるりと指を回転されると、その刺激に驚いた蜜壺から愛液が溢《あふ》れ出す。

いやらしい水音を立てながら、昂也の指がさらに深く比奈の中へと沈んできた。

蜜を絡めて貪欲に蠢《うごめ》く指が、比奈の感じる場所を探して妖《あや》しく媚肉を刺激していく。

その刺激に、比奈は切なく身悶《みもだ》える。

「やぁ……っ」

切なく喘《あえ》ぐ比奈を見つめながら、昂也は徐々に激しく指を抽送《ちゅうそう》させ始めた。そうかと思えば、硬く膨れている肉芽を親指で刺激する。

「あぁぁぁっんっッ」

愛されることに餓《う》えていた体は、昂也の愛撫《あいぶ》に恥ずかしいほど素直に反応してしまう。

蜜に濡れた肉芽を小刻みに擦られるだけで、比奈の体はあっという間に快楽の頂点へと押しやられてしまった。

「――はぁあっ！」

強烈な快感で絶頂を極めた比奈は、くたりとベッドに四肢を投げ出す。

「比奈」

愛おしげに昂也が名前を呼んでくる。彼は比奈の頬を優しく撫でると、彼女の脚の間に自分の体を割り込ませてきた。

その先の行為を予感し、体の奥の方が期待で疼《うず》くのがわかる。

身に纏《まと》っていたバスローブを脱ぎ捨てた昂也は、素早く避妊具を装着し、比奈の膝下に手を滑り込ませた。そして、膝を高く持ち上げて自分の腰を彼女に近付ける。

彼はそのまま、雄々しくそそり立つ自身の昂《たかぶ》りを比奈の中へと沈めた。

「あぁ……………ぁあっ」

達したばかりの膣壁を昂也の熱い肉棒で擦られ、比奈が甘い悲鳴を上げる。

一気に奥まで突き入れられて、その強烈な刺激に比奈はシーツの上で乱れた。

そんな比奈の姿に雄としての欲望が煽《あお》られたのか、昂也は激しく腰を打ち付けてくる。

「ああああぁぁ――っ」

容赦《ようしゃ》なく膣壁を擦る昂也の昂《たかぶ》りに、比奈の体が否応《いやおう》なく高められていく。

「あぁあっやっ…………ふぁっぁあっ…………もう、駄目っぁぁ」

切なく痙攣《けいれん》する媚壁の動きに、昂也が苦しそうに眉を寄せた。それを振り切るように、より深くまで腰を突き入れてくる。

「まだだっ」

昂也の腰が打ち付けられる度に、比奈の体と意識が甘く痺《しび》れる。

昂也に与えられる刺激に溺《おぼ》れ、意識が飛びそうになる比奈の腰を昂也が強く掴んだ。

「あっ」

不意に強い力で腰を引かれ、比奈の上半身が抱き起こされる。

気付くと、彼のものを咥《くわ》え込んだまま、胡坐《あぐら》をかいた昂也の膝に座らされていた。

「あぁぁぁあっ」

自分の体の重みも手伝い、より深く昂也のものが比奈の奥を抉《えぐ》ってくる。

その衝撃に、比奈は喉を反《そ》らして嬌声《きょうせい》を上げた。

しかし、昂也はまだ足りないとばかりに、比奈の腰を持ち上げてはさらに奥まで自身を突き入れる。

比奈は、切ない息を漏らしながら天井を仰いだ。

過ぎる快感から逃れたいのに、その意思に反して、比奈はその手足を昂也の背中に回した。

昂也も比奈を逃がすまいと、彼女の腰をしっかり掴んだまま、激しく腰を打ち付けてくる。

そうしながら唇を寄せ、彼女の舌に自分の舌を絡めてきた。

「……ふぅァ…………ぁっ」

「くぅ……っ」

隙間なく体を絡め合うことで、怖いほど昂也を感じる。

比奈が昂也を感じるのと同じくらい、昂也にも比奈を感じて欲しい――

そんな願いを込めて、彼に強く抱きついた。

互いの体の熱を感じながら官能の極みを貪《むさぼ》るうちに、昂也の呼吸が乱れてくる。

荒々しい呼吸を繰り返す昂也は、腰の動きを速めてきた。

体を強く揺さぶられ、比奈の膣が蕩《とろ》けそうなほど熱くなる。昂也はそこを、容赦《ようしゃ》なく熱を帯びた肉棒で掻き回した。

苦しいほどの快感に、比奈は昂也の背中に指を食い込ませて喘《あえ》いだ。

「あぁ……ヤァ…………アっ」

ビクビクと腰を震えさせる比奈が切ない声を漏らし、ぐったりと脱力した。

体を支えていられずにベッドへ俯《うつぶ》せに倒れ込む。そんな比奈の背後に回った昂也は、彼女の腰を掴んで高く持ち上げた。そうされることで、尻を昂也に突き出す姿勢になる。

愛液に濡れた陰唇が、背後から近付く昂也の気配にヒクヒクと痙攣《けいれん》した。

「あ……駄ッ…………あぁあぁっ」

硬く膨張した昂也のものが、再び中へ沈められる。

熱く滾《たぎ》るもので中を擦られる感触に、比奈はシーツを掴んで震えた。

淫《みだ》らな蜜に濡れた膣が、昂也のもので限界まで埋め尽くされる。

息苦しさを覚えるほどの圧迫感に喘《あえ》ぎつつ、本能的な部分で、欲望に震える媚肉をもっと強く擦り立てて欲しいと思う。

そんな淫《みだ》らな欲求を意識した途端、無意識に比奈の腰が動き、昂也のものをさらに奥へと誘い込んでしまう。

昂也は心得ているとばかりに、いっそう激しく比奈の中を擦ってきた。

その摩擦が甘美な痺《しび》れとなり、淫《みだ》らに体をくねらせるのを止められない。

「あぁ……っ」

「クッ」

弱い部分を昂也に突かれる度に腰が震えて、膣が収縮する。

強く締め付けてくるその感触を味わうみたいに、昂也は比奈の弱い部分を執拗《しつよう》に突き上げてきた。

激しい抽送《ちゅうそう》に、苦しさと極上の快楽が混じり合い、比奈の意識が甘く霞《かす》む。

「もう……いぁ……はぁッ」

シーツの上で揺さぶられながら、比奈が淫《みだ》らな息を吐く。

「あぁぁあっ……くるッ」

「――ッ」

感極まった比奈の声に煽《あお》られたように、昂也が自身の欲望を放出させた。

避妊具越しに、昂也の熱い迸《ほとばし》りを感じた比奈が、切なく背中を震わせる。

そのまま脱力してベッドに倒れ込むと、昂也に強く抱きしめられるのを感じた。

「専務の辞任のこと、知っていたんですよね？」

愛情を確かめ合った後、昂也に寄りかかって座りながら比奈が尋ねる。

「ああ」

比奈の背中を優しく包み込んだ昂也は、彼女の額《ひたい》に口付けをして頷いた。

「まさか、こんなことになるなんて……」

丹野が脅迫メールなどを送ったりしなければ、ここまでの事態にはならなかったはずだ。

悔しそうな表情を見せる比奈に、昂也が悪戯《いたずら》っぽい表情を見せる。

「それはどうかな？」

「……え？」

「父は、クニハラの重役の座が煩《わずら》わしかったんだ。確かに指導力も的確な判断力もあるが、あの性格だ、大企業のトップに立つには少し遊び心が過ぎる」

「確かに……」

と言うのは失礼だとわかっているが、幹彦の性格を知っているだけに否定できない。

そんな比奈に気を悪くする様子もなく、昂也が続ける。

「以前から、どこかのタイミングでクニハラを離れて、もっとフットワークの軽い新規ビジネスに参入したいと話していた。新しく始まる合弁会社の舵《かじ》取りが気になっているみたいだし、これからはそちらに力を入れていくんだろう」

「……そうなんですね」

「まあ、あそこで芦田谷会長に合弁会社から手を引けと言われたら、今とはまた状況が違ったのかもしれないけど、専務を辞任するくらいで済んだのなら父にとっては悪くない状況だと思う」

「なんだ……」

真剣に心配していたのに、二人の間では既にそこまで織り込み済みだったのか。

「寿々花さんに助けられましたね」

彼女が口を挟んだ途端、交渉事を引っ込めた芦田谷会長の顔を思い出しながら比奈が言う。

芦田谷会長としては、合弁会社の件も交渉材料にしたかったのかもしれないが、寿々花の発言により話が途切れる形となった。そして寿々花がクニハラの社員になれば、今までのようなごり押しの交渉もできなくなるだろう。

「全部、比奈のおかげだよ」

愛おしさを込めた声で、昂也が言う。

「私の、ですか？」

不思議そうな顔をする比奈に、昂也が言う。

「比奈のおかげで、皆が幸せな形に落ち着いた」

「それは違います」

昂也の腕の中で、比奈は首を左右に振る。

皆が幸せだと思える形に落ち着けたのは、それぞれが先に進むことを望んだからだ。

そう話す比奈に、昂也が「さらに先に進む覚悟はある？」と、聞いてくる。

「はい？」

「父が辞任した後は、オレがその立場を引き継ぐことになる。そしてその後は、皆が予想しているとおりの道を歩むことになるだろう。君にも近いうちに異動の内示が出ると思う」

つまりクニハラの王子様と噂される昂也が、そう遠くない未来、クニハラの王様になる見通しが立ったということだ。

そうなれば、昂也は今以上に忙しくなる。

ただの部下でしかなかった時から、昂也にはそうなる前に、心から愛する人と彼の支えとなる家庭を持って欲しいと願っていた。

そして彼の恋人となった今、他の誰かにその役目を譲るつもりはない。

比奈が昂也との関係に望む形はもちろん……

「昂也さん、お願いがあります。——私と結婚してください」

平凡で幸せな家庭を築くことを人生の目標にしていた自分が、大企業の御曹司に逆プロポーズする日がくるなんて、想像したこともなかった。

——でも、望むことは臨《のぞ》むこと。

自分が望んで行動を起こせば、世界は変えていける。

「喜んで」

比奈の思い切ったプロポーズに、昂也は蕩《とろ》けるような笑みを浮かべて強く抱きしめてくれるのだった。

書き下ろし番外編

幸せになるための一歩

四月の心地よい日差しが差し込むリビングで、比奈と昂也は互いの額《ひたい》を突き合わせるようにして、床に広げた紙面を覗《のぞ》き込んでいた。

A3のコピー用紙を四枚繋ぎ合わせたような大きな紙には、片方の隅に新郎新婦が座るひな壇を意味する長方形が、さらにそれと向き合う形で来賓《らいひん》用のテーブルを意味する円形がいくつも描き込まれている。

その円形のところどころには、人の名前が書かれたカードが配置されている。

「この人、ここでどうですか？」

唇を奇妙な形に結んで紙を覗き込んでいた比奈が、いいことを閃《ひらめ》いたという感じで手にしていたカードを紙の上に置く。そのカードには、二人が勤めるクニハラの子会社の社長の名前が記入されている。

比奈が配置したカードにちらりと視線を向けた昂也は、申し訳なさそうに首筋を撫でた。そしてその手で、比奈が置いたカードのすぐ隣の円に配置されているカードを指差して言う。

「ごめん。その人をそこに置くと、この人が、自分を軽んじられていると思って気を悪くすると思う」

遠慮がちな昂也の言葉に、比奈は唸《うな》りつつ置いたばかりのカードを引っ込めた。

比奈の方から上司である昂也にプロポーズしたのは去年の秋のこと。

覚悟を決めてのプロポーズではあったが、彼と比奈の育った環境の違いを考えれば、結婚までの道のりは険しいものになると思っていた。それなのに、こちらが拍子抜けするほどあっさりと彼の両親にも受け入れられただけでなく、早く孫の顔を見たいと騒ぐ幹彦が後押ししたこともあり、六月の挙式に向けて足早に準備を進めていくことになったのだ。

そのため最近の比奈と昂也は、休日を結婚式の準備に充《あ》てることとなり、この週末は披露宴の来賓《らいひん》の席次について意見を出し合っているのだった。

比奈側の招待客の席は比較的簡単に決められたのだけど、昂也の方はそうもいかず、話が進まない。

「どうしようかな～」

座席表を眺めて唸《うな》っていると、昂也が再び「ごめん」と謝るが、比奈はとんでもないと首を横に振る。

「二人でパズルゲームしているみたいで楽しいです」

そう返す比奈は、さっき引っ込めたばかりのカードを今度はどこに置こうかと忙《せわ》しなく思考を巡らせていく。

考え込む比奈の髪に、昂也の息がそっと触れた。

その気配に反応して顔を上げると、溢《あふ》れる愛情を隠さない彼と視線が重なった。

「なんですか？」

照れ臭さから、少し睨《にら》むような目線で問いかける比奈に、昂也は軽く首を振って返す。

「なんていうか、前に俺が比奈に結婚を勧められた時に、準備が面倒だから結婚したくないと話していたことを覚えているか？」

「ああ……」

半年ほど前に交わした会話を思い出し、比奈は困り顔をする。

自分が彼の妻になるなんて想像もしていなかった頃、こっそり寿々花との見合いを企《くわだ》てた比奈に、昂也がそういったことを口にしていた。

自分が結婚する場合、披露宴一つにしても、人間関係のしがらみに配慮する必要があって面倒だと話していたが、この状況はまさに彼が言っていたとおりではないか。

「ごめんなさい」

この場合、謝るべきは自分だと眉尻を下げる比奈に、昂也はそうじゃないと首を横に振って返す。

そして広げた紙に手をつき、身を乗り出して比奈の頬に手を添えた。

「あの頃は、結婚式の準備なんてただ面倒なだけだと思っていたけど、こうやって比奈と一緒に悩むのは確かに悪くない」

悪くないどころか楽しんでいるのが、彼の声音から伝わってくる。

そう言ってもらえてよかったと比奈が照れたようにはにかむと、その唇に昂也がそっと口付けた。

席次表に片手をつき、身を乗り出して交わす口付けは姿勢が少し不安定なせいか、比奈にいつもより初々《ういうい》しい印象を与える。

性的なものを感じさせない、愛おしさを凝縮させたような口付けに、比奈の心が苦しいほどの幸福感に満たされていく。

「比奈といるだけで俺の世界が広がって、たくさんの幸せを与えてもらえる」

重ねていた唇を解《ほど》いた昂也がそう言うけれど、それは違うと比奈は首を横に振る。

「広がっていく世界の中で、たくさんの幸せを与えてもらっているのは私の方です」

そう返す比奈は、この幸せはいつから始まったことだろうかと、記憶を巡らせる。

昂也の部下に抜擢され、尊敬できる上司として彼のもとで仕事に励《はげ》んでいたところに始まり、ワーカホリック気味な彼にプライベートな時間を楽しむためにも結婚して欲しいと願い、行動を始めたことで比奈の世界は大きく変わった。

長年心に重くのしかかっていた母親との関係に一つの区切りを打つことができたし、比奈自身が本当の意味で自分の人生を歩くことができるようにもなった。

それだけでなく、一生ものの友達になる予感がする寿々花との出会いもあった。

そのどれもが、彼のためにと行動を起こしたところから始まっている。

「愛しています」

心からの思いを込めて囁《ささや》く比奈は、自分からも口付けを返す。

その言葉に満足した様子で頷く昴也が姿勢を戻した時、比奈の側に置いていたスマホが鳴った。

見ると涼子からのメッセージが表示される。

「涼子からです」

そう告げて比奈は、メッセージを開いた。

「どうかした？」

新たなカードを拾い上げ、再び席次を考え始める昴也が何気ない口調で聞く。

そんな昴也に、比奈は肩をすくめて返した。

「寿々花さんと一緒に、私たちの結婚式の時に着るドレスを選びに行くから一緒に選ばないかって誘われました」

その言葉に昂也が酷く怪訝《けげん》な顔をするので、比奈は「涼子特有の冗談です」と付け足す。昂也は納得したと頷く。

「そういえばいつの間にか、芦田谷さんと柳原君も仲良くなっているな」

「うん。最初は三人で会っていたんだけど、私より寿々花さんの方がお酒を飲めるし、涼子と味の好みも合うみたいで、二人で出かけることも増えているようですよ」

そう話しつつ文字を打ち込みメッセージを送信する比奈に、昂也が「寂しい？」と聞く。

比奈はその問い掛けに、首を横に振る。

「寿々花さんの世界が広がって、素直に嬉しいです」

出会った頃の彼女は、学生時代はクラスの輪から浮いた存在となり、数学とだけ友達のように接して過ごしてきたと話していた。

その結果、数学を極めて今の研究職の地位を手に入れたのだから、それはそれで決して悪い選択ではないのだろうけど、自分たちと一緒に食事やショッピングに出かけて生き生きとした表情を見せる寿々花が好きなので、彼女の世界がもっと広がっていけばいいと思う。

そんなことを考えていると、涼子から「比奈の結婚式で、寿々花さんと一緒に素敵な王子様をゲットしてみせるから」というメッセージが、ふざけて言っていることがわかるイラスト付きで送られてきた。

それを見て笑っていると、カードの角で眉間《みけん》を叩く昂也が唸《うな》った。

彼のその声で、自分が結婚式の席次を話し合っていたことを思い出す。

――誰の席に悩んでいるんだろう？

疑問に思って、彼の持っているカードに視線を向けると「鷹尾尚樹《たかおなおき》」とあった。

そのカードをどこに置こうかと悩む昂也の目線は、企業の代表が多く集まる席のあたりに向けられている。

ビジネスの場で比奈が耳にしたことのない名前だが、どこかの企業の経営者だろうか。

聞くと、昂也の学生時代からの友人で、今は会社経営をしているとのことだ。

友人席に座らせてもいいのだが、一代で会社を立ち上げた彼の後押しをするために、どうせなら他の経営者との出会いに繋がる場所に座らせてやれないかと考えているのだという。

「昔馴染みとは、その後の二次会とかでも話せるから、やっぱりこっちの方に座らせてやりたいんだが……」

そう話す昂也だが、どうにも決めかねているようだ。

「気難しい人なんですか？」

比奈にチラリと視線を向ける昂也が、困ったようにクシャリと笑う。

「気難しくはないんだが、陽気で遠慮がなさすぎるんだ」

大企業の重役を務めるには遊び心が過ぎる幹彦を父に持ち、その手の人のあしらいに慣れている昴也にそんな顔をさせるのだ、なかなかにクセが強い御仁なのかもしれない。

う～んと唸《うな》る昴也は、しばらく考えた挙句、「鷹尾尚樹」のカードを中小企業の経営陣が多く集まる席に置く。

そこは涼子や寿々花といった比奈の友人たちが座る席からは、かなり離れているので、二人と接触することはないだろうと思うとなんとなく安堵してしまう。

もちろん鷹尾なる人物を邪険に扱う気持ちはないのだが、涼子はともかく、まだまだ人付き合い初心者の寿々花の近くにクセが強い人がくるのはなんとなく申し訳ない気がする。

彼女のお見合いを惨憺《さんたん》たる結果にした自分が言うのはおこがましいので口にはしないが、寿々花にも、自分と昴也のようにこれまでの価値観を変えてしまうほど運命的な人と出会って幸せになって欲しい。

それはもちろん、入社以来の親友である涼子にも当てはまる思いだ。

鷹尾の席が決まったことで一仕事終えた気になったのか、昴也は大きく伸びをして立ち上がった。

「疲れたし、散歩がてらお茶でも飲んで、少し気分転換しないか？」

「いいですね」

頷く比奈が差し出された手に左手で掴まると、昂也は手を引いて立ち上がるのを手伝ってくれた。

「おっと、気を付けて」

長い間座り込んでいたせいか、立ち上がった瞬間うまくバランスが取れずぐらつく比奈の腰に、昂也が素早く腕を回す。

そうやって比奈が体勢を整えるまで彼女の体を支えてくれた昂也は、彼女の姿勢が安定すると手を離した。手を離す際、名残惜しげに比奈の左手薬指を撫で、そこに婚約指輪が嵌《は》められていること確認すると、嬉しそうに目を細めた。

現実逃避するように昂也と二人、彼が暮らすマンションの近くのカフェを目指して歩いた。

川沿いの道を二人並んで歩いている間、昂也はさっき座らせる場所で悩んでいた鷹尾という人の人となりを比奈に語って聞かせてくれた。

学生時代の成績はずば抜けて良かったが人を喰った感のある彼は、遠慮のない発言で相手を怒らせることも多く、なかなかの問題児だったそうだ。それでいて人好きのする性格で、気のいい教授の支援を受け、学生時代に起業し一代で財を成したのだという。

鷹尾という人の思い出を語る昂也の横顔は、すごく柔らかな表情をしている。

そんな彼の横顔を見ていると、急に鷹尾なる人物と寿々花たちの席が離れていることが残念に思えてくるのだから、人間とはなんともわがままな生き物である。

それに就職して大人の表情で仕事する彼しか知らない比奈にとって、思い出に浸《ひた》りどこか悪ガキの雰囲気を漂わせる表情は新たな発見だ。

新しい宝物を見付けたような気がして、弾むような足取りになる比奈は、何気なく視線を向けて、川の淀《よど》に桜の花びらの吹き溜まりができているのを見た。

見上げると、川縁に植えられた桜は盛《さか》りを過ぎていて、春風に吹かれてはらりはらりと花びらを散らしていく。

足を止め舞い散る桜を見上げると、深く澄んだ快晴の空が比奈の視界を捉えた。

「同じ色だね」

一緒に空を見上げていた昂也が、そう言って繋いでいる手を揺らす。

その言葉に頷く比奈は、繋いでいた左手を解《ほど》き空へとかざした。

空へと高くかざす比奈の左手薬指には、昂也から贈られた婚約指輪が嵌《は》められているが、その台座に鎮座するサファイアはくすみのない青色をしている。

この指輪に使われているサファイアは、その昔幹彦が、自分の妻に贈ったものを譲り受けてリメイクしたものだという。

彼の両親の思い出の品をあえて婚約指輪に使用したのは、彼の家族が、比奈を國原家の嫁として歓迎することの意思表示だ。

もちろん二人の結婚に対する逆風がまったくないわけではないが、それでも背中を押してくれる人もいる。それなら「望むことは臨《のぞ》むこと」と話してくれた幹彦の言葉そのままに、比奈は昂也と幸せな結婚のためにさまざまな課題に挑んでいきたい。

そんな覚悟を再認しつつサファイアと空の青さを比べていると、空を一羽のアゲハ蝶《ちょう》が横切っていくのが見えた。

バタフライ効果——都会では珍しい大きさの蝶《ちょう》に、昂也に幸せな結婚をして欲しいと願った日、そんな言葉が閃《ひらめ》いたことを思い出す。

その言葉を胸に行動を起こしたことで世界は一変して、気が付けば、理想の上司は、自分の夫になろうとしている。

それだけでなく、本来なら出会うこともない芦田谷家の令嬢である寿々花と出会い、友情を育《はぐく》むこともできた。そして比奈と出会ったことで、寿々花の世界も広がっていっているようだし、それはこれからも続いていくだろう。

「結婚式、鷹尾さんにとって、いい出会いの場所になるといいですね」

そしてそれは、涼子や寿々花にも当てはまる思いだ。

些細《ささい》なことが影響しあって、自分が知る全ての人が幸せになってくれればいいのに。

そんな願いを込めて羽ばたく蝶《ちょう》に軽く手を振っていると、蝶《ちょう》は高く高く飛んでいく。

蝶《ちょう》を見送る比奈の手を、昂也がそっと包み込む。

そして自分の方へと引き寄せて、その甲に口付けた。

「幸せにするから」

恥ずかしげもなく公共の場で愛を告げる昂也の言葉に、比奈の頬が熱くなる。

自分に向けられる惜しみない愛情を味わうようにしばらく黙っていた比奈は、フッと微笑み首を横に振った。

だってこの結婚は、自分が望んだことなのだから。

「私が昂也さんを幸せにするんです」

比奈が少し悪戯《いたずら》な笑みを浮かべてそう返すと、昂也はやられたといった感じで目を細めた。

「じゃあ、一緒に幸せになろう」

「はい」

それが一番いい選択だと納得し、そして二人、そのまま手を繋いで歩いていく。

ワーカーホリックな御曹司・昂也《こうや》。彼の補佐役として働く比奈《ひな》も超多忙で仕事のしすぎだと彼氏にフラれてしまう。このままでは婚期を逃がす…！焦った比奈は、昂也を結婚させ家庭第一の男性にしようと動き出す。上司が仕事をセーブすれば部下の自分もプライベートが確保できると考えたのだ。比奈は、さっそく超美人令嬢とのお見合いをセッティングするが、彼がロックオンしたのは、なぜか比奈!?　甘く迫ってくる昂也に比奈は……

B6判　定価：704円（10%税込）　ISBN 978-4-434-30444-6

結婚を約束した彼との幸せな未来を夢見る絵梨《えり》。ところが、ようやく迎えた婚約披露の日、彼の隣で笑っていたのは何故か自分の後輩だった！　絵梨はどん底まで突き落とされたが、思いがけない転機が訪れる。なんと、偶然知り合った謎のイケメン、雅翔《まさと》から、元カレたちへの“復讐”を提案されたのだ。戸惑う絵梨だったが、気付けば雅翔のペース。彼のおかげで本来の美しさを引き出された絵梨は周囲からも注目を集めるように。しかも雅翔は、会うたび恋人のように甘くて…

B6判　定価：704円（10％税込）　ISBN 978-4-434-28985-9

本書は、2019年9月当社より単行本として刊行されたものに、書き下ろしを加えて文庫化したものです。


この作品に対する皆様のご意見・ご感想をお待ちしております。

おハガキ・お手紙は以下の宛先にお送りください。

【宛先】

〒150-6008 東京都渋谷区恵比寿4-20-3 恵比寿ｶﾞｰﾃﾞﾝﾌﾟﾚｲｽﾀﾜｰ 8F
（株）アルファポリス　書籍感想係

メールフォームでのご意見・ご感想は右のＱＲコードから、
あるいは以下のワードで検索をかけてください。

アルファポリス　書籍の感想　検索

ご感想はこちらから

エタニティ文庫

お願《ねが》い、結婚《けっこん》してください

冬野《とうの》まゆ

2022年7月15日初版発行

文庫編集－熊澤菜々子
編集長 －倉持真理
発行者 －梶本雄介
発行所 －株式会社アルファポリス
〒150-6008 東京都渋谷区恵比寿4-20-3 恵比寿ｶﾞｰﾃﾞﾝﾌﾟﾚｲｽﾀﾜｰ8F
TEL 03-6277-1601（営業）　03-6277-1602（編集）
URL https://www.alphapolis.co.jp/
発売元－株式会社星雲社（共同出版社・流通責任出版社）
〒112-0005 東京都文京区水道1-3-30
TEL 03-3868-3275
装丁イラストーカトーナオ
装丁デザインーansyyqdesign
印刷－中央精版印刷株式会社

価格はカバーに表示されてあります。

落丁乱丁の場合はアルファポリスまでご連絡ください。

送料は小社負担でお取り替えします。


ISBN978-4-434-30539-9 C0193